UMA SEPARAÇÃO

KATIE KITAMURA

Uma separação

Tradução
Sonia Moreira

COMPANHIA DAS LETRAS

Copyright © 2017 by Katie Kitamura

Grafia atualizada segundo o Acordo Ortográfico da Língua Portuguesa de 1990, que entrou em vigor no Brasil em 2009.

Título original
A Separation

Capa e ilustração de capa
Violaine Cadinot

Preparação
Ana Lima Cecilio

Revisão
Clara Diament
Paula Queiroz

Dados Internacionais de Catalogação na Publicação (CIP)
(Câmara Brasileira do Livro, SP, Brasil)

Kitamura, Katie
    Uma separação / Katie Kitamura ; tradução Sonia Moreira.
— 1ª ed. — São Paulo : Companhia das Letras, 2021.

    Título original: A Separation.
    ISBN 978-65-5921-337-5

    1. Ficção norte-americana I. Título.

21-65913   CDD-813

Índice para catálogo sistemático:
1. Ficção : Literatura norte-americana 813
Maria Alice Ferreira – Bibliotecária – CRB-8/796K

[2021]
Todos os direitos desta edição reservados à
EDITORA SCHWARCZ S.A.
Rua Bandeira Paulista, 702, cj. 32
04532-002 — São Paulo — SP
Telefone: (11) 3707-3500
www.companhiadasletras.com.br
www.blogdacompanhia.com.br
facebook.com/companhiadasletras
instagram.com/companhiadasletras
twitter.com/cialetras

Para Hari

1.

Começou com um telefonema de Isabella. Ela queria saber onde Christopher estava, o que me botou na posição constrangedora de ter que lhe dizer que eu não sabia. Isso deve ter soado inacreditável para ela. Eu não lhe disse que Christopher e eu estávamos separados fazia seis meses e que eu não falava com o filho dela havia quase um mês.

Ela achou a minha incapacidade de lhe informar o paradeiro de Christopher incompreensível e reagiu de um jeito seco, mas não exatamente surpreso, o que de certa forma só piorou a situação. Eu me senti ao mesmo tempo humilhada e constrangida, duas sensações que sempre tinham caracterizado o meu relacionamento com Isabella e Mark. Isso apesar de Christopher viver me dizendo que eu tinha exatamente o mesmo efeito sobre eles, que eu devia tentar não ser tão reservada, que isso era facilmente interpretado como uma forma de arrogância.

Você não sabe, ele perguntava, que algumas pessoas te acham uma esnobe? Eu não sabia. Nosso casamento era composto das coisas que Christopher sabia e das coisas que eu não sabia.

Não era apenas uma questão de intelecto, embora nesse aspecto Christopher também levasse vantagem — ele era sem dúvida um homem inteligente. Era uma questão de coisas omitidas, informações que ele tinha e eu não. Em suma, era uma questão de infidelidade — a traição sempre põe um dos parceiros na posição de quem sabe, enquanto deixa o outro no escuro.

Embora a traição não fosse sequer, não necessariamente, a principal razão do fracasso do nosso casamento. Aconteceu aos poucos, mesmo depois que concordamos em nos separar, havia aspectos práticos, não era uma coisa simples, desmantelar o edifício de um casamento. A perspectiva era tão desencorajadora que eu comecei a me perguntar se não estaríamos tentados a reconsiderar a ideia, se não haveria uma hesitação enterrada bem lá no fundo da burocracia, escondida nas pilhas de papel e nos formulários on-line dos quais estávamos tão ávidos para fugir.

Assim, era totalmente razoável Isabella me ligar para perguntar por onde andava Christopher. Eu já deixei três recados, disse ela, e o celular dele vai direto para a caixa postal, e na última vez que eu liguei o toque era estrangeiro...

Ela pronunciou a palavra *estrangeiro* com uma mistura familiar de desconfiança, perplexidade (não conseguia imaginar nenhuma razão pela qual seu único filho pudesse desejar ir para algum lugar longe dela) e ressentimento. Algumas palavras me voltaram à lembrança nessa hora, frases ditas no decorrer do casamento: você é estrangeira, você sempre foi um pouco estrangeira, ela é ótima pessoa, mas é diferente da gente, a gente tem a sensação de que não conhece você de verdade (e então, por fim, o que ela certamente diria se Christopher lhe contasse que estava tudo terminado entre nós), foi melhor assim, meu querido, no fundo ela nunca foi realmente uma de nós.

... então, eu gostaria de saber, onde exatamente está o meu filho?

Na mesma hora, a minha cabeça começou a latejar. Fazia um mês que eu não falava com Christopher. A nossa última conversa tinha sido por telefone. Christopher havia dito que, embora nós claramente não fôssemos nos reconciliar, ele ainda não queria começar o processo — ele usou essa palavra, indicativa de algo contínuo e prolongado, em vez de um ato singular e decisivo, e claro que ele tinha razão, o divórcio era algo mais orgânico, de algum modo mais contingente do que parecia no início — de contar para as pessoas.

Será que poderíamos manter isso só entre nós? Hesitei. Não porque eu discordasse do sentimento — a decisão ainda era recente àquela altura, e eu imaginei que Christopher estivesse sentindo mais ou menos o mesmo que eu, que ainda não tínhamos resolvido como contar a história da nossa separação. Mas não me agradava o ar de cumplicidade, que parecia incongruente e despropositado. Mesmo assim, eu disse sim. Christopher, percebendo a hesitação na minha voz, pediu que eu prometesse. Promete que não vai contar pra ninguém, pelo menos por enquanto, até nós nos falarmos de novo. Irritada, eu concordei e depois desliguei o telefone.

Foi a última vez que nos falamos. Agora, quando repeti que não sabia onde Christopher estava, Isabella deu uma risada curta e disse: Não seja ridícula. Eu falei com o Christopher três semanas atrás e ele me disse que vocês dois iam para a Grécia. Como eu estou tendo tanta dificuldade de entrar em contato com ele e como você obviamente está aqui na Inglaterra, só posso concluir que ele foi para a Grécia sem você.

Eu estava confusa demais para responder. Não conseguia entender por que Christopher teria dito a ela que íamos para a Grécia juntos, nem mesmo sabia que ele pretendia sair do país. Ela continuou: Ele está trabalhando muito, eu sei que ele está lá para fazer pesquisa e…

Ela diminuiu a voz de um jeito que eu achei difícil de decifrar, podia ser uma hesitação genuína ou mero fingimento, Isabella não estava acima de manipulações desse tipo.

... eu estou preocupada com ele.

Essa declaração não me convenceu de imediato e eu não levei muito a sério sua preocupação. Isabella acreditava que sua relação com Christopher fosse melhor do que de fato era, um erro natural para uma mãe, mas que às vezes fazia com que ela se comportasse de um jeito estapafúrdio. Há não muito tempo, essa situação poderia ter gerado em mim um sentimento de triunfo — o fato de aquela mulher me procurar em busca de ajuda numa questão que dizia respeito ao filho dela poderia ter significado alguma coisa para mim um ano ou até apenas seis meses antes.

Agora, ouvindo enquanto ela continuava a falar, eu me sentia, acima de tudo, tensa. Ele tem andado estranho ultimamente. Eu liguei para perguntar se vocês dois — *vocês dois* de novo, estava claro que ela não sabia de nada, que Christopher não se abrira com ela — não gostariam de vir passar um tempo aqui no campo, tomar um pouco de ar fresco. Foi então que o Christopher me contou que vocês iam para a Grécia, que você tinha uma tradução para terminar e que ele ia fazer pesquisa. Mas agora — ela deu um breve suspiro de irritação — eu descubro que você está em Londres e ele não está atendendo o telefone.

Eu não sei onde o Christopher está.

Houve uma pequena pausa e, então, ela continuou.

De qualquer forma, você tem que ir para lá se encontrar com ele imediatamente. Você sabe como a minha intuição é poderosa, eu sei que tem alguma coisa errada, não é do feitio dele não responder às minhas ligações.

O telefonema de Isabella teve desdobramentos que, mesmo agora, me parecem insólitos. Um deles foi que eu obedeci àquela mulher e fui para a Grécia, um lugar que eu não tinha nenhum desejo de visitar, com um propósito que não estava nem um pouco claro para mim. Era verdade que Christopher tinha mentido para Isabella quando disse que nós íamos para a Grécia juntos. Se ele não queria contar à mãe sobre a separação, teria sido bastante fácil inventar alguma desculpa que explicasse por que ele ia viajar sozinho — ele poderia ter dito que eu tinha que ir a uma conferência, que eu ia passar um tempo com uma amiga que tinha três filhos e estava, portanto, sempre precisando não só de ajuda como de companhia.

Ou ele poderia ter lhe dito parte da verdade, o começo dela pelo menos, ou seja, que nós estávamos dando um tempo — em quê? ou de onde? ela poderia ter perguntado. Mas ele não tinha feito isso, talvez porque fosse mais fácil mentir ou porque fosse mais fácil deixar a mãe tirar as conclusões que quisesse — ainda que mal-entendidos, depois do fato consumado, fossem especialmente difíceis para Isabella. Eu me dei conta então de que precisávamos formalizar o estado de coisas entre nós. Como já tinha decidido pedir o divórcio a Christopher, eu iria para a Grécia e faria o pedido pessoalmente.

Imaginei que isso seria o meu último ato de obediência como nora de Isabella. Uma hora depois, ela me ligou para dizer em que hotel Christopher estava hospedado —fiquei me perguntando como ela teria obtido essa informação — e para me passar o código de reserva de uma passagem que ela comprara em meu nome, num voo que partiria no dia seguinte. Por trás das desnecessárias afetações e do verniz de elegância ociosa, Isabella era uma mulher extremamente capaz, uma das razões pelas quais ela havia sido uma adversária tremenda, alguém que eu tinha razões para recear. Mas tudo isso havia acabado e, em breve, não existiria mais campo de batalha entre nós.

Mesmo assim, percebi que ela obviamente não confiava em

mim — eu não era o tipo de esposa que ela julgasse capaz de localizar o marido, não sem uma passagem na mão e um endereço de hotel. Talvez tenha sido em reação a essa óbvia falta de confiança que eu mantive a promessa que fizera a Christopher, o segundo desdobramento surpreendente do telefonema de Isabella. Não contei à mãe dele que tínhamos nos separado, que estávamos separados já fazia algum tempo, a única informação que teria me livrado por completo do dever de ir à Grécia.

Nenhuma mãe pediria à nora que viajasse até a Grécia para pedir o divórcio ao filho dela. Eu poderia ter ficado em Londres e continuado a cuidar da minha vida. Mas não contei a ela e não fiquei em Londres. Se Isabella soubesse que tinha comprado uma passagem de avião para que eu fosse até lá pedir o divórcio ao filho dela, imagino que ela teria me estrangulado, literalmente me matado na mesma hora. Não era impossível. Como eu disse, ela era uma mulher muito capaz. Ou talvez ela tivesse dito que, se soubesse que era tão fácil nos separar, tão fácil dissolver o nosso casamento, ela teria comprado aquela passagem para mim há muito tempo. Antes de desligar, ela me aconselhou a levar um maiô. Disseram a ela que o hotel tinha uma piscina ótima.

Em Atenas, o trânsito estava congestionado no centro da cidade e havia algum tipo de greve nos transportes. A vila em que Christopher estava ficava a uma distância de cinco horas de carro da capital, no extremo sul do território continental. Um carro estava à minha espera no aeroporto: Isabella tinha pensado em tudo. Peguei no sono durante a viagem, que começou com o congestionamento, depois seguiu por uma série de rodovias ermas e anônimas. Eu estava cansada. Fiquei olhando pela janela, mas não conseguia ler nenhuma das placas.

Acordei com barulhos altos e repetitivos. Estava escuro lá fora, a noite tinha caído enquanto eu dormia. O som vibrou pelo carro inteiro — *pam pam pam* — depois cessou. O carro estava descendo lentamente uma estrada estreita, de uma pista só. Eu me inclinei para a frente e perguntei ao motorista se estávamos parando, se ainda faltava muito. É aqui, ele disse. Nós já chegamos. As pancadas recomeçaram.

Cães vira-latas, o motorista acrescentou. Do lado de fora, vultos escuros acompanhavam o carro, os rabos dos cachorros batendo na carroceria. O motorista buzinou, numa tentativa de afugentar os animais — eles estavam tão perto que dava a impressão de que o carro ia atropelar um deles a qualquer momento, apesar de estar andando tão devagar —, mas eles não se assustaram nem um pouco e continuaram acompanhando o veículo de perto enquanto descíamos a estrada em direção a uma enorme casa de pedra. O motorista continuou buzinando enquanto abria a janela e gritava com os cachorros.

À nossa frente, o porteiro abriu o portão da propriedade. O carro entrou e os cachorros ficaram para trás. Quando olhei pelo vidro traseiro, vi que eles estavam parados em semicírculo diante do portão, seus olhos tão amarelos quanto a luz dos faróis. O hotel ficava na ponta de uma pequena baía e eu ouvi o som da água assim que saí do carro. Carregava a minha bolsa e uma pequena mala de mão, e o porteiro perguntou se eu tinha mais malas e respondi que não, só tinha trazido bagagem para uma noite ou, na pior das hipóteses, um fim de semana, embora não tenha dito isso a ele dessa forma.

O motorista disse alguma coisa sobre a viagem de volta; peguei o cartão que ele me ofereceu e disse que ligaria, talvez no dia seguinte. Ele fez que sim e eu perguntei se ele ia voltar para Atenas àquela hora, já era bem tarde. Ele deu de ombros e entrou de novo no carro.

Dentro do hotel, o lobby estava vazio. Vi as horas — eram quase onze. Isabella não tinha reservado um quarto para mim, eu era uma esposa que estava indo se encontrar com o marido, não deveria ser necessário outro quarto. Pedi um quarto para uma pessoa, por uma noite. O homem atrás do balcão disse que havia muitos quartos disponíveis, anunciando com surpreendente franqueza que o hotel estava quase vazio. Era final de setembro, a alta temporada já tinha terminado. Infelizmente, a água do mar agora estava fria demais para nadar, ele acrescentou, mas a piscina do hotel era aquecida a uma temperatura muito agradável.

Só depois que ele terminou de registrar as minhas informações e me entregou a chave do quarto foi que eu perguntei sobre Christopher.

A senhora quer que eu ligue para o quarto dele?

O homem fez essa pergunta com uma expressão atenciosa, mas manteve as mãos imóveis atrás do balcão, sem fazer menção de pegar o telefone; afinal, já estava bem tarde.

Não, respondi, balançando a cabeça. Eu falo com ele de manhã.

O homem concordou, compreensivo. Seus olhos tinham ficado mais vigilantes, talvez ele visse muitos relacionamentos em condições semelhantes de desordem, ou talvez pouco se importasse com isso e tivesse um rosto naturalmente compreensivo, uma característica sem dúvida útil na sua profissão. Ele não disse mais nada sobre o assunto. Peguei a chave e ele me falou do café da manhã e fez questão de carregar a minha mala enquanto me conduzia até o elevador. Obrigada, eu disse. Gostaria de usar o serviço de despertador? Queria receber algum jornal de manhã cedo? Não, pode ficar para depois, eu disse a ele. Tudo isso pode ficar para depois.

Quando acordei, a luz do sol tinha inundado o quarto. Peguei meu celular, não havia mensagens e já eram nove horas. O horário do café da manhã se encerraria dali a pouco, eu precisava correr se quisesse comer. Mesmo assim, fiquei mais tempo no banho do que seria necessário. Até aquele momento — parada debaixo do chuveiro do quarto de hotel, a água turvando a minha visão enquanto escorria pelos meus olhos — eu ainda não tinha parado para pensar ou imaginar como Christopher iria se sentir, o que iria pensar, quando me visse, ou quando eu o abordasse no hotel. Imaginei que a primeira coisa que passaria por sua cabeça seria bastante simples: ele ia deduzir que eu queria reatar.

Por que mais uma mulher viajaria para outro país atrás de um marido com quem não morava mais se não para tentar pôr fim à separação entre os dois? Era um gesto extravagante, e gestos extravagantes entre um homem e uma mulher costumam ser considerados românticos, mesmo no contexto de um casamento fracassado. Eu ia aparecer na frente dele e ele ia... será que ia ficar tenso, abalado, se perguntando o que eu queria? Será que se sentiria encurralado? Será que ia ficar preocupado, achando que tinha acontecido alguma desgraça, que havia se passado algo com a mãe dele, que ele devia ter ligado de volta para ela?

Ou será que ia se encher de esperança, pensando que uma reconciliação era possível, afinal (essa esperança estaria na raiz da promessa que ele havia extraído de mim, e ela seria acalentada até por mim mesma, já que no fim das contas eu concordara em guardar segredo?), e depois ficaria decepcionado, e mais indignado ainda do que teria ficado em outra situação, com o meu pedido de divórcio, que ainda assim eu pretendia fazer? Eu me sentia envergonhada por ele e por mim ao mesmo tempo, e acima de tudo pela situação. Imaginava — não tinha nenhuma experiência anterior em que me basear — que pedir o divórcio fosse

15

sempre constrangedor, mas não acreditava que fosse sempre àquele ponto, com o cenário e as circunstâncias tão ambíguos.

No térreo, o lobby estava vazio. O café da manhã era servido num terraço com vista para o mar. Não havia sinal de Christopher, o restaurante também estava deserto. Lá embaixo, a vila estava toda banhada pelo sol e tão quieta que chegava a parecer imóvel, uma coleção de pequenas edificações enfileiradas ao longo de uma barragem de pedra. Um grande penhasco formava um dos lados da baía, árido e sem vegetação, lançando uma luz branca e brilhante na água, sendo a vista do terraço, portanto, ao mesmo tempo tranquila e dramática. Na base do penhasco havia restos do que pareciam ser arbustos e tufos de capim queimados, como se um incêndio tivesse acontecido recentemente.

Tomei meu café. Quando trouxe a minha xícara, o garçom me informou que o hotel era o único lugar da vila onde eu podia tomar meu cappuccino ou meu *caffè latte*, em qualquer outro local só havia café grego ou Nescafé. O cenário era romântico — Christopher gostava de acomodações luxuosas, e luxo e romance são praticamente sinônimos para certos tipos de pessoa — e isso me deixava inquieta. Imaginei Christopher ali, sozinho num resort cheio de casais; era o tipo de hotel que costuma ser procurado para luas de mel, para aniversários de casamento. Senti outra pontada de constrangimento. Fiquei me perguntando o que Christopher andava aprontando ali; o lugar era absurdo.

Puxei assunto com o garçom quando ele trouxe a minha torrada.

Está tão quieto. Eu fui a última pessoa a descer para o café da manhã?

O hotel está vazio. É a baixa temporada.

Mas não é possível que não haja outros hóspedes.

Foram os incêndios, disse ele, dando de ombros. Eles espantaram as pessoas.

Eu não estou sabendo de nenhum incêndio. Tivemos incêndios terríveis no país inteiro, durante o verão todo. Todas as colinas daqui até Atenas estão pretas. Se sair da vila e subir as colinas, a senhora vai ver. A terra ainda está quente por causa do fogo. Saiu nos jornais. Do mundo inteiro. Vieram fotógrafos — ele fez o gesto de clicar uma câmera — durante todo o verão. Ele pôs a bandeja debaixo do braço e continuou. Uma revista de moda veio tirar fotos aqui no hotel. O fogo tinha se espalhado até o penhasco, ainda dá pra ver a mancha preta — olha. Ele apontou para a superfície enegrecida da pedra. Eles botaram as modelos na beira da piscina, com o fogo e o mar atrás — ele deu um suspiro —, foi muito dramático.

Concordei com a cabeça. Como eu não disse mais nada, ele se afastou. Sem que eu quisesse, a imagem de Christopher na tal sessão fotográfica surgiu na minha cabeça. Não era plausível: Christopher parado entre as modelos, os maquiadores e o estilista com uma expressão sem graça, como se não tivesse a menor ideia de como explicar o que estava fazendo no meio daquele circo. Parecia mais do que nunca um estranho. Olhei em volta, vasculhando o terraço inteiro, inquieta. Já eram quase dez horas, obviamente eu tinha perdido a oportunidade de me encontrar com Christopher no café da manhã, ele devia ter tomado café cedo, talvez já tivesse saído do hotel para passar o dia fora.

Eu me levantei e fui até o lobby. O homem que tinha feito o meu registro na noite anterior havia sido substituído por uma jovem, de feições brutas. Ela usava o cabelo penteado para trás de uma forma que não lhe ficava bem, num estilo severo demais para o seu rosto cheio e redondo. Perguntei a ela se Christopher já tinha descido naquela manhã. Ela franziu o cenho, senti que ela não queria me dizer. Perguntei se ela poderia ligar para o quarto dele. Ela manteve os olhos fixos no meu rosto enquanto discava o número, eu ouvi os sinais de chamada. Abaixo da moldura do seu penteado de profissional competente, a expressão da moça era francamente mal-humorada.

Ela desligou o telefone.

Ele não está no quarto. Quer deixar algum recado?

Eu preciso falar com ele com urgência.

Quem é a senhora?

A pergunta foi brusca, quase hostil.

Eu sou a mulher dele.

Ela pareceu ficar espantada e imediatamente eu entendi — Christopher era um conquistador inconsequente, fazia isso sem pensar, como um reflexo, como as pessoas dizem *oi, obrigado, disponha*, como um homem segura uma porta aberta para uma mulher passar. Ele era liberal demais nesse sentido, distribuía seu charme tão generosamente que corria o risco de esgarçá-lo. Depois que você percebia as partes que tinham ficado gastas e esfarrapadas, era difícil ver o charme — difícil ver o próprio homem, se você tivesse um mínimo de pé-atrás com gente carismática — inteiro de novo. Mas a maioria das pessoas não ficava na órbita de Christopher tempo suficiente para que isso acontecesse, a maioria das pessoas era como aquela moça — dava para perceber que ela queria protegê-lo —, ainda cativa do seu poder de sedução.

Protegê-lo, como se ele pertencesse a ela. Dei um passo para trás, me afastando do balcão.

Por favor, diga a ele que a mulher dele está aqui e precisa falar com ele.

Ela fez que sim.

Assim que ele voltar. É importante.

Ela resmungou alguma coisa baixinho, sem dúvida me xingando. A esposa sempre é alvo de insultos, principalmente numa situação como essa.

Eu queria dar uma caminhada.

Ela ergueu o olhar, sem poder acreditar que eu ainda continuava ali; estava esperando que eu fosse embora, a minha presença claramente a desagradava. Mas eu me peguei me demorando ali, era verdade que eu queria sair para caminhar e não sabia aonde ir. Ela me explicou como chegar ao cais, disse que a vila era pequena e que eu não iria me perder. Agradeci e saí. Embora fosse setembro, ainda fazia calor e o dia estava muito claro. Por um momento, fiquei quase cega e tive a impressão de sentir um leve cheiro de queimado no ar, como se a terra ainda estivesse ardendo: um momento de sinestesia.

Assim que passei pelo portão do hotel, os vira-latas apareceram. Eles se aproximaram de mim abanando o rabo no ar de um jeito que não era nem amigável nem hostil. Eu gosto de cachorros. Cheguei a pensar em arranjar um, tempos atrás, mas Christopher foi contra, disse que nós viajávamos muito, o que era verdade. Estendi a mão para tocar no cachorro que estava mais perto de mim. Seu pelo era fino e curto, a superfície tão lisa que a sensação era de tocar mais a pele do que o pelo. Seu olho direito estava leitoso de cegueira, mas seu olhar era ao mesmo tempo inteligente e desconsolado, o alheamento característico do olhar animal inalterado.

Os outros cachorros começaram a se enrodilhar ao meu redor, seus corpos roçando momentaneamente em mim, em minhas mãos e meus dedos, antes de desabarem no chão. Eles me acompanharam quando segui em direção à barragem, correndo na minha frente e depois dando meia-volta, numa lenta espiral de movimento. Só o cachorro com o olho leitoso permaneceu ao meu lado. Era quase meio-dia. A água da baía estava clara e azul. Alguns barcos solitários pontilhavam a superfície.

Gerolimenas era uma pequena vila de pescadores. Vi meia dúzia de lojas — uma banca de jornal, uma tabacaria, uma farmácia — todas fechadas. Conforme continuei andando, os cachorros foram se dispersando. Procurei Christopher entre os rostos dos gatos-pingados sentados na frente da taberna, a maioria deles enrugados e castigados, muito queimados de sol. Não tinham nada em comum com o rosto macio e bem tratado de Christopher, que teria chamado atenção pelo contraste. Ele havia sido atraente — para as mulheres, para as pessoas em geral — a vida inteira e isso, era inevitável, tinha o seu efeito.

Também não vi sinal de Christopher entre as figuras espalhadas pela barragem, homens e mulheres ociosos, dois ou três pescadores. A pequena praia em si estava vazia. Parei perto da água e me virei para olhar para o hotel, que havia se tornado totalmente incongruente nos dez minutos que eu tinha levado para caminhar até ali. Dentro da área do hotel se poderia estar em qualquer lugar, sendo o luxo de modo geral anônimo, mas, depois de ultrapassados os limites bem guardados do hotel, você estava forçosamente naquele lugar e ambiente específicos. Eu tinha consciência de que os moradores da vila me observavam — era direito deles, eu era a intrusa ali — e abaixei a cabeça e fui andando de volta na direção do hotel.

Quando cheguei, havia se passado menos de uma hora. No lobby, vi que a moça da recepção não estava mais lá e que o homem que me atendera na noite anterior havia voltado. Ele ergueu o olhar, depois saiu de trás do balcão e veio andando às pressas na minha direção.

Lamento incomodar a senhora…

O que houve?

A minha colega me disse que a senhora é esposa do sr. Wallace.

Sim?

O seu marido tinha ficado de fazer check-out hoje de manhã, mas não fez.

Olhei para o meu relógio.

É meio-dia em ponto ainda.

A questão é que nós não o vemos já faz alguns dias. Ele saiu para fazer uma viagem curta e ainda não voltou.

Balancei a cabeça.

Para onde ele foi?

Ele contratou um carro, um motorista, mas isso é tudo que nós sabemos. Ele pagou adiantado pelo quarto e disse que continuaria a ocupá-lo enquanto estivesse fora.

Por longos instantes, ficamos nos encarando em silêncio.

Então, o homem pigarreou, educadamente.

É que, sabe, nós precisamos do quarto dele.

Como assim?

As pessoas que reservaram aquele quarto vão chegar hoje.

Mas o hotel está vazio.

Ele encolheu os ombros, como quem se desculpa.

Sim, eu sei, mas as pessoas são estranhas. É para comemorar um aniversário de casamento, acho. O quarto tem um significado especial para o casal, eles passaram a lua de mel lá. Disseram que chegariam aqui hoje à tarde, então...

Ele hesitou.

Nós gostaríamos de transferir os pertences do sr. Wallace de um quarto para outro.

Parece razoável.

Ou talvez possamos guardar tudo nas malas, se ele estiver planejando ir embora hoje junto com a senhora.

Eu não sei quanto tempo ele planeja ficar.

Eu entendo.

Ele está fazendo pesquisa.

O homem levantou as mãos, como se eu tivesse dito alguma coisa desnecessária.

Precisamos começar a tirar as coisas dele do quarto agora. Seria possível a senhora me acompanhar?

Fiquei esperando enquanto ele voltava ao balcão para pegar uma chave. Juntos, fomos andando até o quarto de Christopher, que ficava do outro lado do hotel, no último andar. O homem — cujo nome era Kostas, de acordo com o crachá preso ao paletó — me explicou que Christopher estava instalado numa suíte. A suíte tinha uma vista maravilhosa da baía; se eu decidisse prolongar a minha estadia, ele recomendava com veemência que eu me transferisse para a suíte, que ficaria disponível assim que o casal em lua de mel fosse embora, e talvez até lá o meu marido já tivesse voltado.

Quando finalmente chegamos ao quarto, Kostas bateu na porta daquele jeito discreto, mas ao mesmo tempo peremptório, típico de funcionários de hotel, já com a mão na maçaneta — por um instante, uma alucinação me fez ver a porta se abrindo e Christopher parado na nossa frente, surpreso, mas não de todo contrariado —, e então Kostas a destrancou e entramos.

O quarto me pareceu irreconhecível. Christopher estava longe de ser um homem ordeiro, mas também não era desleixado e raramente habitava um espaço que não estivesse limpo (não que ele próprio arrumasse o espaço, mas arranjava quem fizesse isso por ele — a faxineira ou, por algum tempo, eu). O quarto — embora enorme, com uma sala de estar independente e uma vista impressionante; Kostas tinha razão, era um quarto excelente e devia ser um dos mais caros do hotel — estava em total desordem.

Roupas usadas cobriam o chão, uma quantidade que uma pessoa usaria ao longo de vários dias, a mesa repleta de livros e papéis. No chão ao lado da cama via-se um emaranhado de fios, fones de ouvido, uma câmera, o laptop de Christopher aberto num ângulo oblíquo. Havia bandejas do serviço de quarto deixadas pelos cantos, bules de café, garrafas de água semivazias e até um prato cheio de migalhas — eu não conseguia entender por que a camareira não havia pelo menos recolhido as louças sujas. No meio disso tudo, a cama desfeita e coberta de jornais e cadernos.

As superfícies tinham sido espanadas e o chão aspirado, mas era quase como se a camareira tivesse contornado a bagunça, a fim de preservá-la. Ele falou para a camareira não tocar em nada, disse Kostas. E deu de ombros. As pessoas fazem pedidos, nós só cumprimos ordens. Mas a senhora está vendo...

Ele foi até o armário e abriu as portas. Mais roupas sujas jogadas do lado de dentro. Pendurada, uma fileira de camisas e calças, e eu reconheci todas — os padrões e tecidos, a borda levemente puída de um dos punhos. A sensação de estar naquele quarto continuava sendo de extrema dissociação e, no entanto, aqui e ali — e ali — e ali —, daqueles objetos, com os quais eu tinha convivido durante muitos anos, brotava uma pontada de reconhecimento, a lembrança do dono, do homem, que estava ali e também não estava.

Kostas bateu as mãos em um estalo.

Então, podemos guardar tudo nas malas? A senhora concorda?

Fiz que sim e fiquei olhando para os papéis e livros. Todos eram sobre a Grécia, havia até um livro de expressões gregas entre eles. Abri um caderno, mas não consegui decifrar a letra espremida e caótica de Christopher. Nunca tinha conseguido ler o que ele escrevia. Kostas, com o telefone do quarto, ligou para a recepção e chamou uma camareira, que apareceu alguns minutos depois e começou a guardar as roupas. Ele pediu desculpas, mas já era quase uma hora, os novos hóspedes iam chegar a qualquer momento e, como eu podia ver, havia muito o que fazer para deixar o quarto pronto.

Meu celular estava tocando. Tirei-o de dentro do bolso. Era Isabella; ela tinha um timing impecável. Atendi, um pouco mal--humorada, mas ela não percebeu, nem sequer se deu ao trabalho de dizer oi antes de perguntar onde Christopher estava e se ela podia falar com ele.

Dava para ouvir uma gravação de *Billy Budd* de Britten tocando ao fundo. Isabella e Mark eram fanáticos por ópera e uma vez tinham nos levado para ver uma montagem dessa mesma ópera em Glyndebourne. Foi uma expedição infeliz. Àquela altura, as rachaduras no nosso casamento já começavam a ficar aparentes. Christopher e eu mal estávamos nos falando, mas Isabella e Mark se mantinham alegres e quase agressivamente alheios à tensão entre nós dois. Havia algo de maníaco no interesse deles por ópera, e isso nunca tinha ficado tão claro como naquela noite.

Eu me lembro de ficar sentada no teatro num estado de contemplação apática — da música, do aspecto constrangedor daquela situação; eu não era fã de Britten, o que não contribuía em nada para aumentar a estima que os pais de Christopher tinham por mim. Agora, ouvindo aquela melodia familiar, eu me dei conta de como a distância era essencial para a história, que se passa quase toda no mar. Sem essa distância, até mesmo a mecânica básica da trama seria impossível — não haveria ameaça de motim, não seria preciso recorrer à lei marcial, não haveria a morte de Billy Budd. Ainda que eu não gostasse da ópera — a música era densa demais, era como encarar uma muralha de pedra —, a história era envolvente e oferecia uma oportunidade de espreitar o mundo dos homens, numa outra época, quando eles iam embora para a guerra ou para o mar.

Agora os homens não iam mais embora — não havia, pelo menos para a maioria deles, mares para cruzar nem desertos para atravessar, não havia nada a não ser os andares de uma torre de escritórios, as viagens diárias de casa para o trabalho e de volta para casa, uma paisagem familiar e monótona, em que a vida se tornava algo de segunda mão, não algo que um homem pudesse possuir. Era apenas nas praias da traição que eles conseguiam um pouco de privacidade, um pouco de vida interior, era apenas no domínio de sua infidelidade que eles se tornavam, mais uma vez, estranhos para suas esposas, capazes de qualquer coisa.

De repente, a música parou e Isabella repetiu a pergunta: Onde está o Christopher? Depois de uma breve pausa, enquanto eu olhava para o caos no quarto, eu disse a ela que não o encontrara. Mas você está na Grécia? Você está em Mani? Estou. Mas o Christopher não está aqui, não está no hotel. Então onde é que ele está? Não sei, eu disse. Ele viajou para algum lugar, contratou um motorista. O telefone dele não está chamando, é provável que ele tenha esquecido o carregador — enquanto eu falava, meus olhos pousaram no fio do aparelho, ligado à tomada ao lado da cama e solto na outra ponta — aqui no hotel.

Eu vou esperar, disse a ela. Você não vai voltar enquanto não tiver encontrado o Christopher, ela disse. Você precisa encontrá-lo. Eu vou, falei. Só não sei se sou a melhor pessoa para procurar por ele.

Se ela tivesse escutado, se tivesse parado para perguntar o que eu queria dizer, eu teria lhe contado — plantada naquele quarto de hotel, o segredo da nossa separação não parecia mais válido —, mas ela não parou, nem sequer parecia ter me ouvido. Você não vai voltar enquanto não tiver encontrado o Christopher, repetiu, você precisa trazê-lo de volta. Ela parecia desatinada; era essencialmente uma relação horrível. Não me espantava que Christopher tivesse fugido dela a vida inteira, ou desde que se tornara um adulto — ele estava sempre correndo de alguma coisa antes de correr em direção a algo.

25

Abaixei o celular. Disse a Kostas que eles podiam guardar o resto das coisas de Christopher nas malas e que, quando voltasse, ele próprio lhes diria o que fazer. Kostas concordou com a cabeça e então saí do quarto. Eu estava livre para ir embora.

2.

Mas não fui. Falei para Kostas que eu ficaria mais um ou dois dias, que o hotel era muito agradável. Ficar sentada sem fazer nada naquele clima perfeito. Almocei no terraço e depois fui nadar na piscina, que era morna como Kostas prometera, mais parecia uma enorme banheira. Isabella havia sido bem informada, era uma piscina muito boa. Li um pouco, tinha algumas tarefas de trabalho para fazer, mas nada muito árduo, nada que fosse urgente. E não me importei muito com essa demora, com essa espera, que, de início, não parecia uma hesitação. Mas, até que seja posta em prática, uma decisão é apenas algo hipotético, uma espécie de experimento mental: eu decidira pedir o divórcio a Christopher, mas ainda não tinha concretizado o ato, ainda não tinha olhado para ele e dito as palavras. Era importante esse ato de enunciação, essas palavras, ou melhor, essa palavra — divórcio — que até então estivera surpreendentemente ausente das nossas conversas e que, quando dita, alteraria em definitivo o curso da nossa separação.

Claro que ela estivera pairando no ar — como a fase final de um jogo, o desfecho previsto se tudo desse errado, um desenlace inevitável ou um alívio. A palavra tinha um peso, um *ça me pèse*, uma condição da idade adulta. Na infância, as palavras não têm peso — eu grito *eu te odeio* e isso não significa nada, do mesmo modo que *eu te amo* —, mas, entre adultos, essas mesmas palavras são usadas com muito cuidado, não escapam mais da boca com a mesma facilidade. *Eu aceito* é outro exemplo, uma frase que na infância é apenas parte do faz de conta, de uma brincadeira entre crianças, mas que depois se torna carregada de sentido.

Quantas vezes eu própria tinha dito essas palavras? Só uma depois que me tornei adulta. Christopher e eu nos casamos numa sala de tribunal e chegamos apenas minutos antes da breve cerimônia; não houve ensaio, o juiz nos garantiu que só precisávamos repetir as palavras que ele ia dizer, nem mesmo um idiota conseguiria errar. Então, quando eu disse *Eu aceito* diante do grupo dos nossos parentes e amigos reunidos, foi pela primeira vez, ou pelo menos a primeira vez desde que saí da infância.

Lembro que fiquei surpresa com a força daquele ritual, da cerimônia de pronunciar aquelas palavras, que naquele momento adquiriram um significado profundo e quase obsessivo. De repente fez sentido que essas palavras — *Eu aceito* — fossem combinadas com a frase arcaica e insensata *até que a morte nos separe*, que era mórbida e aparentemente despropositada naquela que deveria ser uma ocasião alegre, mas que, mesmo assim, cumpria um propósito claro: chamar a atenção dos participantes para a aposta maluca que eles estavam fazendo nesse ato, sendo esse ato o casamento.

Tentei me lembrar do que mais eu havia sentido durante a cerimônia, que não tinha tantos anos assim, mas era tempo suficiente para que a minha lembrança se tornasse nebulosa. Tirando um breve momento de pânico, eu tinha me sentido feliz, muito feliz até. Durante um bom tempo, havia sido um bom casamento, um casamento cheio de otimismo. Por tudo isso, era difícil cogitar a ideia de pronunciar a palavra que destruiria todo aquele otimismo, por mais datado que ele agora me parecesse; e, então, embora tenha permanecido no hotel com o objetivo de pedir o divórcio a Christopher, descobri que não estava com a menor pressa de me encontrar com ele; eu tinha tomado uma decisão que acreditava ser definitiva e, no entanto, poderia ter ficado tomando sol durante dias, semanas, sem me mexer, sem fazer nada, sem dizer uma palavra.

Mais tarde, chegou um casal que só podia ser o que iria ocupar o quarto de Christopher. Eles entraram no lobby cambaleando, já bêbados, deviam ter começado a beber no carro, seguidos pelo mesmo motorista que tinha me trazido até o hotel e que vinha arrastando três grandes malas atrás de si. Por um breve instante, o olhar do motorista cruzou com o meu, mas, salvo por um leve aceno com a cabeça, ele não deu nenhum sinal de me reconhecer, estava ocupadíssimo com o casal.

Eles pareciam escandinavos, os dois muito brancos, de olhos azuis e essencialmente incongruentes naquela paisagem, para a qual não tinham sido projetados. A mulher tinha cabelo louro oxigenado e o homem, sabe-se lá como, já estava queimado de sol, com uma vermelhidão intensa e desconfortável. Era evidente que gostavam muito um do outro. Não paravam de se beijar, e mesmo do outro lado do lobby eu via como eles mexiam suas línguas com um vigor impressionante; não conseguiam dar a Kostas — era ele quem estava a postos atrás do balcão — mais do que uma única informação — seus nomes, o país de origem, a data de partida — sem voltarem a se beijar.

Kostas encarava a parede atrás do casal abraçado enquanto lhes informava que o café da manhã era servido no terraço, perguntava que jornal eles gostariam de receber pela manhã, se iam precisar do serviço de despertador, embora fosse óbvio que não. O par parecia não se intimidar com o completo silêncio que reinava no hotel. Quando falavam, era alto demais e de um jeito eufórico, permitindo que suas vozes se projetassem, como se achassem que estavam se hospedando num hotel em Las Vegas ou em Mônaco.

Fiquei observando os dois atravessarem o lobby atrás de Kostas, abraçadinhos; era impressionante a insistência com que sinalizavam seu desejo um pelo outro, sem cessar. Eles sumiram escada acima, rumo ao quarto de Christopher, embora obviamente não fosse mais o quarto de Christopher, o carregador seguindo atrás com as malas. Mais cedo, eu tinha visto o mesmo carregador levando as malas de Christopher, uma em cada mão, por aquela escada de pedra abaixo, em direção ao quarto de depósito adjacente ao lobby.

De Christopher não tinha havido qualquer sinal. Fiquei sentada no terraço pelo resto da tarde, com um romance que eu considerava traduzir, sobre um casal cujo filho desaparece no deserto. O romance me fora enviado por um editor e eu precisaria traduzir pelo menos um capítulo como teste, para vermos se o romance e eu nos daríamos bem. Traduzir é uma tarefa estranha. As pessoas costumam dizer que uma tradução bem-sucedida nem sequer parece uma tradução, como se a derradeira tarefa do tradutor ou da tradutora fosse ser invisível.

Talvez isso seja verdade. A tradução não é muito diferente de um ato mediúnico, você escreve e não escreve as palavras. Christopher sempre achou o modo como eu falava do meu trabalho vago demais, não ficava nem um pouco impressionado, talvez porque o considerasse impreciso e até místico, ou talvez porque intuísse o que eu de fato queria dizer, ou seja, que o potencial da tradução para a passividade me atraía. Eu poderia

30

ter sido uma tradutora ou uma médium, tanto uma como a outra teriam sido profissões perfeitas para mim. Uma afirmação como essa teria obviamente horrorizado Christopher, e sido talhada para fazer isso mesmo. Christopher queria ser escritor — não um simples escritor, mas um autor — desde criança. Fiquei lendo durante horas. Vi Kostas uma ou duas vezes; ele me trouxe um café e perguntou se eu planejava jantar no hotel naquela noite. Não mencionou Christopher e, na única vez em que perguntei se ele tinha voltado, fez que não com a cabeça e deu de ombros. Nenhum sinal dele, absolutamente nada. À noitinha, a moça que estava na recepção de manhã voltou, me lançando um olhar atravessado ao passar pelo lobby. Fiquei observando-a se afastar. Embora o hotel estivesse muito tranquilo, ela aparentemente tinha uma infinidade de coisas para fazer, estava sempre andando às pressas de um lado para o outro do lobby, atendendo o telefone, bradando ordens para carregadores e camareiras. Não era feia. Tentei imaginar Christopher e aquela mulher juntos — ele, no mínimo, teria flertado com ela, talvez tivesse até ido para a cama com ela, uma coisa dessas não era impossível ou nem mesmo improvável.

Enquanto continuava a observá-la, percebi que, embora não fosse bonita — suas feições eram brutas demais para serem descritas nesses termos convencionais e eram muito expressivas, o que não costuma ser considerado atraente no rosto de uma mulher (daí a mania de tratamentos como Botox, de cremes faciais que prometem congelar as feições numa imobilidade juvenil; é mais do que a simples busca de juventude, é algo que advém de uma aversão universal à tendência feminina de ser excessiva, de ser *demais*) —, ela era, sem a menor dúvida, sensual.

Tinha o tipo de corpo que deixa os homens intrigados. Eles olham para um corpo como o dela e ficam se perguntando como seria tocá-lo, qual seria a sensação de apalpar os seus contornos, quais seriam o peso e o volume. Reparei que, com as sobrancelhas grossas e o cabelo comprido e preto — preso numa trança simples que lhe chegava até o meio das costas —, ela era fisicamente o meu oposto. Não era apenas uma questão de cor, ela tinha um corpo muito prático, um corpo cujo propósito era claro. Os propósitos do meu próprio corpo eram às vezes opacos demais, havia muitos momentos em que suas partes distintas — pernas, braços, torso — não faziam sentido nem mesmo para mim, quando eu estava estendida na cama. O corpo daquela mulher, no entanto, fazia sentido. Fiquei observando-a de trás da vidraça enquanto ela andava para lá e para cá pelo lobby, vestida com o uniforme do hotel e usando sensatos sapatos confortáveis, era o tipo de trabalho que obriga a pessoa a ficar em pé o dia inteiro. Embora andasse rápido, era como se o seu corpo fosse feito de chumbo; ela era uma mulher firmemente plantada no chão. Talvez tamanha carnalidade fosse irresistível, afinal. Christopher teria notado a sensualidade dela de imediato; ele era um homem sofisticado, cujo casamento estava em suspenso, e também um homem sem escrúpulos e um turista naquele lugar; tudo ao seu redor teria parecido essencialmente descartável.

E ela seria suscetível ao charme de Christopher — ele era bonito e rico, estava sozinho e desimpedido, evidentemente ocioso (só um homem ocioso poderia ficar tanto tempo naquele hotel e naquela vila, a maioria dos visitantes ficava alguns dias, um fim de semana, a maioria das pessoas vinha para passar feriados). Eu estava sentada no terraço, com o sol batendo no meu rosto. As imagens vieram com facilidade, eu conhecia os métodos de uma das metades do casal, e só precisei de um pouquinho de imaginação para ver o resto. Lembrei — com uma perspectiva desapaixonada, isso havia acontecido fazia muito tempo — o jeito que Christopher tinha de se aproximar de uma mulher, de entrar na consciência dela; ele era mestre em causar uma boa impressão.

Pedi uma bebida. Estava quente, pequenas poças de suor tinham se acumulado nas minhas saboneteiras. Ele segurou o pulso dela, pressionando sua pele primeiro com o polegar e depois com o indicador. Ela ergueu o olhar, não para olhar para ele, mas para ver se tinha alguém vendo. O lobby estava vazio, não havia nada com que se preocupar. O garçom trouxe a minha bebida. Eu queria mais alguma coisa? Não, estou bem, obrigada. Eu vou puxar o guarda-sol, o sol está muito quente. Antes que eu pudesse impedi-lo, ele já havia arrastado o pesado suporte vários centímetros, a base fazendo um barulho áspero contra o chão de pedra.

O garçom segurou a ponta do guarda-sol e o inclinou na direção do meu rosto. Ficou melhor, havia sombra, o sol estava mesmo forte, e eu lhe agradeci. Ele a puxou pela mão, ela foi andando atrás, mas pediu que ele andasse rápido, seria uma vergonha se eles fossem pegos. O garçom não se mexeu. Não há nada com que se preocupar, ele disse. Naquele momento, ela optou por acreditar nele. Seguiu-o até o quarto. Eles ainda estavam no espaço físico do hotel, não havia outro lugar para onde pudessem ir, ela preferia morrer a levá-lo para a casa dela, com a mãe e o pai dormindo no quarto ao lado e os irmãos e as irmãs, todos morando na mesma casa.

Estou bem, eu disse. Obrigada mais uma vez. Ele abriu a porta, deu um passo para o lado e deixou que ela entrasse primeiro. A silhueta do garçom estava bloqueando o sol. Não há mais nada que eu possa fazer para a senhora?, ele perguntou, quase ansioso. Estava fresco dentro do quarto, as janelas tinham sido deixadas abertas e a porta que dava para a varanda estava entreaberta. Ela ficou tensa — imagine se uma das camareiras estivesse ali, era improvável àquela hora, mas possível —, ele largou a

33

chave em cima da mesa e conferiu o celular para ver se havia chegado alguma mensagem, estava relaxado de um jeito que, para ela, parecia um milagre; ela não conseguia nem imaginar como era se sentir tão à vontade naquele quarto luxuoso. Não, obrigada, eu realmente não preciso de mais nada. Por fim, ele se afastou. Ela pensou que ele fosse lhe oferecer uma bebida — não era assim que costumava acontecer? Ela não sabia, nunca tinha estado numa situação como aquela, ele poderia ter ligado para o serviço de quarto, pedido uma garrafa de champanhe como as que ela já tinha visto sendo levadas para tantos quartos, tantos casais — mas ele pousou o celular e depois se virou e a segurou pelo ombro sem preâmbulos, de modo que ela ficou ao mesmo tempo indignada e excitada. Teria sido assim? Com quase toda a certeza. Fechei os olhos. Fazia muito tempo, mas eu ainda me lembrava bastante bem de como tinha sido, não teria sido muito diferente, com aquela mulher ou com qualquer outra.

E depois o resto, como sempre. Ela teria ficado satisfeita no fim, com quase toda a certeza, e poderia ter demorado uns bons dez minutos ou mesmo meia hora para que a dúvida surgisse. E agora, o que ia acontecer? Ele não estava dormindo (nunca dormia naquele momento, mas ela não tinha como saber disso), não estava olhando para ela, olhava para o teto. Ela hesitou, tinha cochilado — por quanto tempo? Perguntar para ele estava fora de cogitação. Delicadamente, pôs a mão no ombro dele. Mal chegou a tocá-lo, mas ele se virou, sorriu, pôs a mão sobre a dela.

Jantei cedo. Mais uma vez, o terraço estava deserto. O restaurante tinha sido preparado para o jantar, em todas as mesas agora havia toalhas brancas, flores e até velas. Uma das mesas estava ocupada por uma família alemã com duas crianças pequenas, que comeu rápido e saiu pouco depois da minha chegada. As crianças eram muito solenes, muito bem-comportadas. Ficaram em silêncio a maior parte do tempo, a mãe de vez em quando se inclinando para cortar a comida do menino. Reconheci os garçons do café da manhã. Depois que a família foi embora, eles rapidamente tiraram a mesa e a arrumaram de novo, como se o restaurante estivesse com todas as mesas reservadas para a noite, e depois ficaram ociosos de novo.

Quando eu estava pedindo o café, o casal em lua de mel chegou. Era assim que eu os havia apelidado mentalmente; embora Kostas tivesse dito que eles tinham vindo para Gerolimenas para comemorar o aniversário de casamento, eles se comportavam sob todos os aspectos como se fossem recém-casados. Ainda estavam bêbados, ou tinham ficado mais bêbados ainda desde que chegaram naquela tarde. Ao entrar no restaurante, exclamavam de um modo entusiasmado diante da vista, a mulher apertando o cotovelo do homem. A vista estava mesmo espetacular; o sol, ao se pôr, fazia o céu exibir um vívido dégradé de cores.

Eles se sentaram para jantar. O homem logo pediu um champanhe. Eles estavam celebrando, *por que não?*. Tudo era *por que não?*. Eles repetiam a frase sem parar, lançando-a de um para o outro como se ela fosse uma bola. Pediram lagosta, *por que não*, caviar, *por que não*, falavam em inglês com o garçom, gesticulando loucamente, a ponto de num determinado momento a mulher agitar o cardápio no ar. O garçom lhes trouxe champanhe, uma cesta de pão, copos de água gelada.

Pedi a conta e assinei a autorização para incluí-la nas despesas do meu quarto. Como ainda estava cedo e eu não queria passar o resto do tempo que faltava até a hora de dormir no quarto, fui caminhar pelo píer de pedra que começava em frente ao terraço e avançava sobre a água. Era uma construção bem impressionante, sólida, com cerca de três metros de largura e que se estendia por uns trinta metros mar adentro, uma distância grande o bastante para que a pessoa se sentisse cercada de água.

35

Não demorou muito, os ruídos constantes do restaurante e até as vozes do casal em lua de mel foram absorvidos pela escuridão. E, então, não havia nada além do barulho da água. Fui andando até a ponta do píer e me sentei na borda. Em uma outra vida, Christopher e eu poderíamos ter nos transformado em algo parecido com aquela família silenciosa ou até com o casal em lua de mel; eram possibilidades que nunca haviam se concretizado e que, só por isso, tinham se tornado absurdas. Ouvi passos atrás de mim. O garçom apareceu, trazendo uma taça de vinho, cortesia do hotel, disse ele. Talvez eu parecesse estar precisando de um gesto de cortesia. Perguntei a ele se a maré estava subindo e ele disse que sim, que na maré alta a água quase alcançava a altura do píer. Perguntei se alguém já tinha se afogado ali.

Já, algumas vezes. Mas não é um mar perigoso. Não tem rodamoinho. Nem tubarão.

Ergui o olhar para ver se ele sorria, mas a escuridão não me deixou ver sua expressão.

A maioria das pessoas que se afogou era suicida.

A declaração foi feita em tom de brincadeira.

Foram tantas assim?

Ele fez que não com a cabeça. Estava recuando, parecia quase ofendido.

Não, muito poucas.

Ele começou a se afastar e eu gritei para ele que ia voltar lá para dentro dali a pouco, caso ele estivesse preocupado. Ele concordou e depois continuou andando em direção ao restaurante. Eu me levantei um pouco depois e, parada no escuro, vi a porta de vidro de uma pequena varanda do terceiro andar do hotel se abrir. O casal em lua de mel surgiu. Eles se abraçavam apaixonadamente e não pararam para admirar o mar nem se debruçaram no parapeito e acenderam um cigarro, não fizeram nenhuma das coisas que costumam levar as pessoas a irem para uma varanda. O homem estava passando a mão para cima e para baixo pelas costas da mulher, enquanto ela segurava o queixo dele com uma das mãos e deslizava a outra para dentro da parte de trás da calça dele. Fiquei constrangida, com vergonha de estar ali parada no escuro como se eu fosse uma voyeur. Não sabia para onde olhar, quase tudo à minha volta estava escuro, enquanto, lá no alto, o casal era iluminado por uma luz brilhante, como se estivesse em um palco. Não havia nada de elegante ou mesmo erótico na cena dos dois, a paixão deles era grotesca. Eles continuavam se esfregando um no outro com paixão animal; estava claro que, por mais que gostassem de fazer do desejo que sentiam um pelo outro um espetáculo, o desejo era verdadeiro.

Era verdadeiro, sim, mas eu tinha certeza de que eles estavam cientes de como era dramático o efeito da luz incindindo sobre eles, e como a varanda estava emoldurada pela noite. Tendo pagado um preço alto para estar naquela suíte, naquele hotel, tão obviamente projetado para ocasiões românticas, eles com certeza tinham conhecimento das possibilidades teatrais do lugar. Todo romance precisa de um pano de fundo e de uma plateia, mesmo — ou talvez principalmente — os genuínos, romance não é algo que se possa esperar que um casal crie do nada sozinho, você e outra pessoa, vocês dois juntos, não só uma, mas inúmeras vezes; o amor em geral é fortalecido pelo contexto, alimentado pelo olhar dos outros.

Quanto àquele contexto específico, pensei, ele também tinha sido o quarto de Christopher, e ele devia ter estado em algum momento naquela varanda, naquele mesmo lugar onde o casal passional estava agora, sozinho ou talvez com outra pessoa. Fiquei parada na ponta do píer por mais alguns instantes, observando o longo abraço do casal, até que por fim ela o pegou pela mão e o levou para dentro do quarto, fechando a porta em seguida. Então, caminhei de volta até o terraço e entrei no lobby. A moça estava atrás do balcão. Cumprimentei-a fazendo um aceno com a cabeça ao entrar. Ela ergueu o olhar e depois me chamou. Alguma notícia dele?

Eu parei. Quando me virei, ela olhava para o chão, como se não tivesse conseguido resistir à tentação de fazer aquela pergunta e agora se arrependera. Em seguida, levantou os olhos de um jeito desafiador e me encarou com aquele seu olhar franco. Não tínhamos nada em comum, não havia nenhuma afinidade entre nós. E, no entanto, eu tinha certeza de que nós duas estávamos esperando o mesmo homem, a pergunta dela só havia reforçado essa certeza. Fiz que não com a cabeça. Ela pareceu ficar decepcionada e aliviada ao mesmo tempo, e eu entendi na mesma hora que teria sido um golpe para ela se eu tivesse dito que sim, que eu ia me encontrar com ele, que ele estava me esperando no meu quarto naquele exato instante.

Ele vai aparecer, eu disse. Ela fez que sim. Ele já fez isso antes? É assim que ele é? Alguém essencialmente indigno de confiança? Ele apenas desaparece, sem dizer uma palavra? As perguntas estavam tão evidentes como se ela as tivesse feito. Eu não queria oferecer conforto para inquietações que não eram minhas, que não me diziam respeito. Mas, por alguma razão, continuei a falar, embora ela tivesse se calado; eu sentia que precisava dizer alguma coisa. Ele tem andado estranho ultimamente. Ela teve um leve sobressalto e percebi que aquela declaração lhe desagradara, talvez ela tenha pensado que eu estava insinuando que o encontro — seja lá de qual natureza fosse e se é que de fato acontecera — tinha sido algo que não era do feitio de Christopher, um deslize sem importância, uma aberração sem nenhum significado.

Ele tem andado estranho. Ela ficou emburrada de novo. Uma centelha de raiva sombreou suas feições. Era possível que, pela primeira vez, Christopher tivesse dado um passo maior do que as pernas, que ela fosse um osso mais duro de roer do que ele havia imaginado. Talvez ele tivesse fugido daquela mulher, talvez existisse uma razão para a ausência dele; mas, então, por que ele havia deixado a bagagem para trás, por que não tinha apenas ido embora ou mudado de hotel, já que havia vários outros na região que teriam servido igualmente bem? E Christopher, como qualquer conquistador em série, nunca tinha dificuldade de se livrar de uma mulher.

Passados alguns instantes, perguntei qual era o nome dela. Ela hesitou, mas acabou respondendo: Maria. Prazer, eu disse, e, como ela não fez nada além de acenar levemente com a cabeça, desviando o olhar, dei as costas e fui embora. Enquanto me afastava, pensei comigo que eu havia estragado o encontro deles de alguma forma. Mas como eu podia saber que ela teria uma reação tão emotiva? Fui tomada por uma grande sensação de alívio, não sentia a menor inveja do turbilhão de sentimentos em que ela devia estar naquele momento, do ciúme e da insegurança. Ela claramente não sabia se devia se sentir indignada ou envergonhada. E, apesar de tudo, continuava esperançosa, dava para ver no seu rosto. É uma coisa horrível, amar e não saber se o seu amor é correspondido. É algo que gera as piores sensações — ciúme, raiva, ódio de si mesma — e leva uma pessoa a estados mais baixos.

3.

Telefonei para Isabella na manhã seguinte e disse que ainda não tinha encontrado Christopher, que ele ainda não havia voltado para o hotel. Ela perguntou se eu não estava preocupada. Respondi que não. Christopher viera para a Grécia para fazer pesquisa, de modo que era bem provável que ele tivesse feito uma viagem curta para alguma vila próxima ou voltado a Atenas para consultar arquivos. Pesquisa! Ela riu. Que tipo de pesquisa?

Christopher publicara seu primeiro livro ainda com vinte e poucos anos, e o livro havia sido recebido com grande entusiasmo pelo mundo editorial e também pelo público, chegando a alcançar brevemente o último lugar da lista dos mais vendidos. Era um livro incomum, até mesmo idiossincrático, uma obra de não ficção sobre a vida social da música — seu papel em rituais e cerimônias, o modo como ela demarcava o espaço público, sua função como meio de persuasão religiosa e ideológica.

Era uma obra de temática abrangente e estilo digressivo, estilo esse que tinha muito do charme pessoal de Christopher. Uma hora ele estava comparando a relativa intimidade da música de câmara com a pompa da música orquestral e, na outra, detalhando sua experiência como adolescente que frequentara várias casas noturnas londrinas. Falava sobre a música do Terceiro Reich, sobre a acústica da Gewandhaus, que tinha ido à capela do King's College para ouvir cantatas de Händel (tinha sido aluno do King's College na graduação, e imagino que o ato, somado à música e depois à escrita, fosse uma espécie de tentativa de recuperar aquela época).

É verdade que o livro não era particularmente bem embasado em pesquisa — as poucas resenhas negativas haviam apontado alguns erros gritantes e omissões, mas, de maneira geral, essas vozes divergentes podiam confortavelmente ser lidas como tais. Afinal, ele não era um acadêmico e o livro havia sido escrito para um público mais amplo. O próprio Christopher tinha algo de generalista. O forte dele — e o que o livro havia conseguido com aparente e impressionante facilidade — era estabelecer conexões entre uma série de fontes díspares e fazer o material parecer coerente na prosa.

Eu ainda não conhecia Christopher na época em que o livro foi publicado. Quando o conheci, ele estava gozando a vida relativamente confortável de que desfrutam os autores relativamente bem-sucedidos. Era convidado para dar palestras e para escrever resenhas para diversos jornais, seu livro estava sendo traduzido para várias línguas. Recebeu um convite para dar aulas numa universidade, mas recusou — não precisava do dinheiro e estava escrevendo o segundo livro, com contrato de sua editora, já atrasado em relação ao cronograma de entrega.

Trabalhava nele quando nos conhecemos. Procrastinador, Christopher costumava falar longamente sobre o projeto, quase como se estivesse fazendo uma pequena apresentação, e eu logo percebi que ele preferia falar sobre o livro a escrevê-lo. Ele o descrevia como um estudo dos rituais do luto ao redor do mundo, um trabalho sobre cultura e ciência política, que abarcaria cerimônias tanto religiosas como seculares, delineando — acho que era essa a palavra que ele usava — um panorama de diferenças culturais e históricas. Era um projeto estranho para um homem que, até então, nunca perdera nada de importante, cuja vida estava intacta em todos os seus elementos-chave. Se ele tinha algum motivo para sentir a dor da perda, era apenas abstratamente. Mas sentia atração por pessoas que haviam sofrido perdas, o que dava a elas a equivocada impressão de que ele era um homem compassivo. A compaixão de Christopher durava tanto quanto a sua curiosidade; depois que passava, ele se afastava de repente, tornando-se indisponível, ou no mínimo menos disponível do que as pessoas razoavelmente esperariam dada a repentina e violenta intimidade que ele as havia forçado a estabelecer com ele de início.

Mas esse era o jeito dele, a sua maneira de ser. Ele era um escritor talentoso, mas tinha um quê de diletante na forma como encarava sua carreira — nos cinco anos em que estivemos casados, eu nunca soube que ele fora a uma biblioteca, nem mesmo durante os longos períodos em que ficara dedicado à sua pesquisa. Era por isso, sem dúvida, que Isabella desdenhava do trabalho de Christopher; apesar do relativo sucesso que o trabalho dele havia alcançado, ela não o levava a sério. Teria preferido que ele tivesse feito carreira na área do direito, das finanças ou até mesmo na política — ela gostava de dizer que ele tinha a malícia e o carisma para isso.

Ainda assim, como eu disse, Christopher era capaz de discorrer sobre seu tema com grande autoridade. E, embora não haja nada de essencialmente frívolo no luto, ele conseguia falar sobre certos rituais e tradições de uma maneira que entretinha muitíssimo quem o ouvia; e seu próprio interesse pelo assunto era contagiante. Era quase certo que Christopher viera à Grécia para pesquisar sobre as carpideiras profissionais que existiam no país, mulheres que eram pagas para entoar lamentos em funerais. Eu estava convicta disso desde que Isabella me dissera que ele tinha viajado para cá, pois esse era um assunto de considerável interesse para ele e que ia ter um importante papel no livro que ele estava escrevendo.

Essa prática ancestral, ele havia me explicado, estava desaparecendo com velocidade. Só continuava viva em algumas partes da Grécia rural, como uma região chamada Mani, no sul do Peloponeso. Lá, em todas as vilas ainda havia umas poucas carpideiras, mulheres que entoavam a nênia, o canto fúnebre, nos enterros. O que intrigava Christopher em relação a essa prática era a exteriorização da dor da perda: o fato de um corpo outro que não o da pessoa enlutada expressar a sua dor.

Era literalmente uma experiência fora do corpo, ele dissera. Você, a pessoa que sofreu a perda, fica de todo liberada da necessidade de dar expressão às suas emoções. Todas as pressões do funeral, a expectativa de que você vá encenar a sua dor para a plateia reunida em torno do morto... imagine que você é uma viúva que está enterrando o marido, as pessoas esperam um bom espetáculo. Mas a natureza da dor da perda é incompatível com essa exigência; as pessoas dizem que, quando está de luto, quando sofreu uma perda profunda, você fica como que empalada pela dor, ou seja, dificilmente está em condições de expressar a sua tristeza.

Assim, em vez disso, você compra como que um instrumento para expressar a sua tristeza, ou talvez seja menos um instrumento do que um gravador com uma fita, e você simplesmente aperta o play e a cerimônia, a longa e elaborada produção, se desenrola sem você. Você sai de cena e as pessoas deixam você em paz com a sua dor. É um arranjo de uma lucidez impressionante. Claro que o aspecto financeiro é fundamental, o fato de ser uma transação monetária torna o arranjo inteiro uma coisa limpa, refinada. Não espanta que esse costume seja originário da Grécia, o chamado berço da civilização — faz todo o sentido. Tudo isso me foi dito meio em tom de brincadeira, eu lembro que ele até ria enquanto falava. Por um momento, fiquei assustada. Era como se o homem parado diante de mim estivesse se dividindo em dois — por um lado, ele falava como um homem que nunca havia perdido nada nem ninguém, nem esposa, nem namorada, nem pai, nem mãe, nem mesmo um cachorro de estimação, um homem que não tinha noção do que sente uma pessoa que sofreu uma verdadeira perda. E eu sabia que essa era a verdade de um ponto de vista factual, eu conhecia a história daquele homem. Mas, ao mesmo tempo, tive a impressão de perceber a sombra de um homem que havia perdido algo ou alguém muito caro a ele, ou até mesmo de um homem que tinha em algum momento perdido tudo. Na voz dele — irônica e impregnada da frieza do distanciamento — havia uma sugestão de uma profundidade ainda não vista.

Mas que perda poderia ter sido essa era um mistério para mim. Uma vez eu perguntei a Christopher por que ele estava escrevendo aquele livro, era mais do que uma questão de interesse — o esforço de escrever um livro, na minha experiência, não é algo que possa ser sustentado por um simples interesse, é preciso algo além. Afinal, um livro geralmente é fruto de anos de trabalho. Mas Christopher não respondeu, não de imediato e nem depois de pensar por alguns instantes, limitando-se a sacudir a cabeça e a virar para o outro lado, como se a resposta fosse misteriosa até para si mesmo. Ele falava cada vez mais sobre o livro ao longo do último ano, era um assunto que volta e meia surgia nas conversas, como se a obra inacabada pesasse sobre os seus ombros, e, no entanto, não conseguia explicar que razões o levavam a escrevê-lo.

Era por isso, sem dúvida, que ele não estava conseguindo terminá-lo. Christopher era um homem charmoso, e o charme é feito de superfícies — todo homem charmoso é um impostor. Mas a questão nem é essa. O que estou discutindo são as falhas naturais de um relacionamento, mesmo de um relacionamento que, durante algum tempo, tinha sido muito bom. No fim, um relacionamento não passa de duas pessoas, e entre duas pessoas sempre haverá espaço para surpresas e mal-entendidos, coisas que não podem ser explicadas. Talvez uma outra maneira de enxergar a mesma questão seja dizer que, entre duas pessoas, sempre haverá espaço para falhas da imaginação.

Assim que desliguei o telefone, ele tocou de novo. Era Yvan. Eu liguei para ele do aeroporto de Atenas, mas havia sido uma conversa atrapalhada — eu procurava o motorista, o terminal de desembarque estava caótico, os alto-falantes emitiam uma torrente constante de anúncios tanto em grego como em inglês — e nós não tínhamos mais nos falado desde então. A diferença de fuso horário entre a Inglaterra e a Grécia era mínima, mas a viagem era longa, o que tinha causado uma defasagem considerável nas nossas comunicações, uma espécie de descompasso entre nós.

Ele perguntou como tinha sido a viagem, como estava Christopher — hesitou antes de perguntar sobre Christopher, e eu disse imediatamente que ele não estava no hotel, que, na verdade, ele parecia ter sumido. Yvan ficou um tempo em silêncio, depois disse: Como assim ele não está no hotel? A Isabella se enganou? Não é do feitio dela se enganar. Eu disse: Não, ela não estava enganada. Ele estava aqui, mas no momento não está, estou esperando que ele volte. Yvan ficou em silêncio por ainda mais tempo e então perguntou: Quanto tempo você vai esperar?

Eu disse: Não faz sentido esperar, faz? E depois de mais alguns instantes de silêncio, Yvan respondeu: Faz, faz sentido sim. Mas eu não gosto da ideia de você ficar aí sozinha, não vou mentir, isso me deixa nervoso. Foi uma reação atipicamente brusca para Yvan, que não é o tipo de homem que gosta de fazer exigências. No entanto, ele disse isso num tom de voz suave, sem qualquer sinal de reprovação. Não há motivo para ficar nervoso, mas eu entendo, falei, é uma situação estranha. Então Yvan disse: Que tal se eu fosse para aí ficar com você?

Quando esbarrei com Yvan três meses antes — na rua, literalmente no meio de um cruzamento — ele sugeriu que fôssemos até o café na esquina, em vez de ficarmos parados no meio da rua, no frio. Mesmo agora, com a vantagem da visão retrospectiva, eu não poderia jurar que ele tenha feito o convite sem nenhum outro motivo em mente além do vento e da chuva fina. Nenhum de nós usava roupas adequadas para aquele tempo, a temperatura tinha caído do nada, disse ele, exatamente no mesmo tom que usou para perguntar o que eu achava da ideia de ele se juntar a mim em Gerolimenas.

De qualquer forma, aceitei o convite. Sempre gostei de Yvan, que era um homem bonito, mas de um jeito despretensioso, com uma beleza que não exigia nada de você. Nesse sentido, ele era bem diferente de Christopher, que tinha plena consciência da sua beleza e sabia muito bem como explorar o efeito que ela surtia — no fim do nosso casamento, e só bem no finalzinho mesmo, ficou nítido para mim que Christopher sabia de que ângulos ele parecia mais admirável e que, ao longo do tempo, havia aperfeiçoado uma série de olhares, caras, expressões e gestos cativantes, uma tática absurda e essencialmente detestável.

Yvan era mais bonito que Christopher, mas muito provavelmente não dava essa impressão, era preciso olhar com muito cuidado para discernir o homem bonito por trás do exterior de-

sajeitado. Eu nunca havia pensado nele como um homem bonito. E, no entanto, quando nos sentamos um de frente para o
outro à mesa e ele perguntou, de um jeito muito gentil, o que eu
andava fazendo e como estava, ficou evidente que foi porque eu
o achava atraente que lhe contei, de maneira bastante abrupta e
em tom de confidência, que Christopher e eu tínhamos nos separado. Ele foi a primeira pessoa a quem eu contei.
Isso foi antes de Christopher ter extraído de mim a promessa de não contar a ninguém sobre a nossa separação. Se ficou
surpreso, Yvan não demonstrou, disse apenas que sentia muito,
que nós sempre tínhamos parecido felizes juntos, que éramos um
dos casais em cuja companhia ele mais gostava de estar. Depois,
riu de um jeito constrangido e disse que não queria ter dado seu
próprio ponto de vista a respeito de um assunto que nada tinha a
ver com ele — mas depois, claro, acabou tendo tudo a ver com
ele, suas palavras pressagiando o arranjo que se seguiria, pelo
qual ele se sentiu e continuava a se sentir culpado, e talvez já
intuísse isso naquela época.

Yvan era jornalista e conheceu Christopher antes de me
conhecer; os dois haviam travado amizade, ainda que muito su-
perficialmente, na faculdade. Christopher — Yvan me contou
mais tarde, Christopher e eu nunca tínhamos falado de Yvan de
outra forma que não como um conhecido do presente, embora
eu soubesse que eles haviam sido colegas em Cambridge; eu
desconfiava que Christopher só tinha uma lembrança muito vaga do Yvan daquele tempo, pois sofria de uma amnésia nata —
tinha sido um universitário carismático, uma figura de destaque
no campus, um daqueles alunos de cuja existência todo o corpo
discente tem conhecimento.

Isso condizia totalmente com tudo que eu sabia sobre Christopher, de modo que o mais revelador não foi o que Yvan contou,
mas a maneira como ele descreveu Christopher, como se estives-

47

se relatando a experiência de ver um ator num palco, observado não da plateia, mas da coxia. Yvan ainda era, de muitas formas, a mesma pessoa, um homem essencialmente tímido, que preferia se manter à margem a estar no centro dos acontecimentos. No entanto, ele tinha sido atraído para a órbita de Christopher; Yvan me contou que, durante um tempo, Christopher havia feito um esforço concentrado para se tornar seu amigo.

Yvan hesitou um pouco antes de contar a história, talvez por pensar que não fosse de muito bom gosto relatá-la a mim, já que ainda estávamos no início de algo que viria a se tornar o nosso relacionamento, e que seria estranho declarar uma intimidade como aquela, chamando atenção para o fato de que os dois haviam se conhecido antes de qualquer um dos dois me conhecer e de que Yvan sempre iria conhecer aquela versão mais jovem de Christopher melhor do que eu poderia conhecer. Experiência acumulada em lugares fortuitos, as informações erradas de posse das pessoas erradas. Mas eu insisti, estava curiosa e um pouco intrigada e não precisava ser protegida de Christopher, fosse na sua antiga ou na sua atual encarnação.

Embora pelo relato do próprio Yvan ele não fosse um aluno popular no campus — sua família não era importante, não era dono de uma riqueza incomum, nem era excepcional de nenhuma maneira óbvia, não tinha charme nem estilo nem mordacidade em forma exteriorizada —, Christopher havia buscado travar amizade com ele com o empenho que é característico das relações universitárias, principalmente entre homens, mas também entre mulheres. Talvez ele tenha investido nisso porque sentia que Yvan possuía naturalmente a única qualidade que de fato respeitava, embora não tivesse a disciplina necessária para cultivá-la e pô-la em prática: uma indiferença genuína pelo charme de Christopher.

Aos poucos, enquanto Yvan descrevia a breve amizade dos

dois, fui ficando desconfortável, detestando as versões de ambos que emergiam do relato — o carisma obsessivo de Christopher e sua compulsão por seduzir, a inexplicável passividade de Yvan, que não aceitava nem repelia os avanços de Christopher. Yvan percebeu meu desconforto, sua desconfiança estava correta, a intimidade entre eles me causava incômodo. Não tem sentido contar essa história, Yvan disse de repente. Eles não haviam continuado próximos. Christopher tinha desistido da amizade, como se sua busca original fosse apenas um disfarce para outro tipo mais oblíquo de compulsão, embora isso não os tivesse impedido de retomar o contato quando se encontraram alguns anos depois.

Dessa vez, eu estava presente. Tinha sido outro encontro fortuito, não na rua, mas numa festa, e durou apenas alguns minutos antes de ser interrompido, o lugar estava abarrotado de gente. Na ocasião, Yvan pareceu só mais um dos conhecidos de Christopher, um entre inúmeros outros, mas eu me lembro de que gostei dele de imediato: do seu jeito lacônico, do seu leve ar de indiferença para com o ostentoso desfile à sua volta e ainda, e em especial, para com o charme de Christopher, ao qual tão poucos pareciam imunes.

Mas, no fim das contas, Yvan não era um homem indiferente — era desconfiança, não indiferença, o que ele sentia em relação a Christopher, e não só por causa do passado dos dois. De alguma forma essencial, Christopher não era um homem digno de confiança, e Yvan havia intuído isso. Uma vez eu perguntei a ele quando havia lhe ocorrido pela primeira vez que nós poderíamos acabar ficando juntos, nesse arranjo — eu fiz essa estranha escolha de palavra, *arranjo*, como se fosse um eufemismo para algo impróprio —, e ele prontamente respondeu: Logo de cara, desde o início, ou pelo menos era o que eu queria que acontecesse.

De fato, Yvan havia se movimentado com uma rapidez surpreendente. Eu ainda estava morando no apartamento quando nós nos encontramos e ainda era cedo demais para iniciar um novo relacionamento — Christopher ainda não se mudara, apenas mantinha-se ausente, o apartamento ainda cheio de coisas suas, misturadas com as minhas. As roupas de cama mal tinham sido trocadas. E, embora não fosse muito velha, eu também não era jovem. Partir para outra de forma tão precipitada parecia coisa de uma mulher mais nova.

Mas Yvan me convidou para morar com ele imediatamente, ainda no começo do relacionamento, de modo que a possibilidade de me mudar do apartamento de Christopher para o de Yvan se apresentou como uma possibilidade muito concreta. Era conveniente, sem dúvida. E isso me fez lembrar um comentário mordaz e ainda desagradável que um conhecido havia feito uma vez durante um jantar: Mulheres são como macacos, só largam um galho depois que conseguem agarrar outro. Esse homem — de início amigo de Christopher, mas depois também meu — estava sentado ao meu lado e de frente para a mulher dele e para Christopher.

Quando disse isso, ele olhava para Christopher. Parecia não ter consciência de com que clareza nós — as mulheres sentadas à mesa, eu e a esposa dele — podíamos ver a expressão de franco desprezo no seu rosto, ou talvez só não se importasse, pois se dirigia a Christopher e somente a ele. Do meu lugar, eu o via de perfil, de forma que o seu sorriso debochado, a prega no canto da boca, estava particularmente pronunciado. Era de supor que ele não estivesse se referindo ao seu próprio caso, nem ao seu relacionamento com a esposa, sentada em silêncio ao lado de Christopher, examinando em detalhes a toalha de mesa e os talheres pousados sobre ela.

Mas tudo é possível. Era possível, por exemplo, que eles tivessem se conhecido em circunstâncias adversas, que ela estivesse envolvida com outro homem e tenha relutado em sair do abrigo oferecido por esse homem até ter garantido o amparo, o comprometimento, do atual marido (era verdade que, desde que nos conhecemos, ela nunca havia trabalhado, estava sempre bem-vestida e arrumada, e era o tipo de mulher que sabia onde se podia fazer uma boa escova no cabelo e as unhas, informações que às vezes podem não querer dizer nada, mas que outras vezes contam toda a história).

Não era agradável imaginar a relação entre os nossos amigos nesses termos e, no entanto, era surpreendentemente fácil, um movimento involuntário da imaginação, que não tem o menor senso de decoro. Talvez, mesmo depois de tantos anos de casamento, a lembrança da relutância dela ainda fosse motivo de desavença — há homens e mulheres que não conseguem perdoar uma desconsideração, por mais longínqua no passado que ela esteja —, talvez um dos termos do contrato subjacente ao casamento deles fosse o trato de que o marido faria a mulher pagar por essa ofensa, essa hesitação, de novo e de novo, no decorrer da vida conjugal dos dois.

Mesmo assim, eu fiquei ofendida por ela. Qualquer que fosse a circunstância, parecia terrível estar casada com um homem que era capaz de dizer esse tipo de coisa sobre as mulheres, e na presença dela, diante de outras pessoas — ou melhor, diante de outra mulher, já que se suspeita que os homens digam coisas desse tipo entre si o tempo todo. A partir desse dia, eu passei a evitar esse homem, inventando desculpas sempre que Christopher propunha algum programa, um jantar ou uma viagem de fim de semana na companhia deles, até que Christopher aceitou que eu não queria mais manter a amizade. Pelo menos essa foi a maneira como ele entendeu o caso, e eu não desmenti a sua interpretação; era verdade que, embora a minha aversão tivesse tido origem no marido, ela havia se estendido também para a esposa, na forma mais suave de um desconforto — com ela, eu não conseguia mais me sentir à vontade.

Anos depois, a frase ainda me irritava — *mulheres são como macacos, só largam um galho depois que conseguem agarrar outro* — e voltou à minha cabeça quando as coisas com Yvan progrediram. Eu sabia que, a partir de um determinado momento, não bastava mais dizer que a situação era complicada, a frase já não servia como forma de ganhar tempo (embora a situação *fosse* complicada: eu continuava casada e não estava nem formal nem publicamente separada, continuava morando no antigo apartamento, Christopher tinha saído de lá e ido eu não sabia para onde, de início havia ficado em casa de amigos, depois disse que ia para um apartamento vago que pertencia à mãe e era mantido alugado em geral, mas que agora, estando convenientemente vazio, ele tinha pedido a ela para usar como escritório).

Não, a partir de um certo ponto, é preciso seguir em frente, ou desembaraçando a situação ou aprendendo a viver com as complicações que ela acarretava, sendo a segunda alternativa a solução mais comum — a vida das pessoas vai ficando mais caótica à medida que elas envelhecem, depois se simplifica de novo quando elas ficam velhas de verdade. Homens são melhores nesse tipo de coisa, conseguem levar a vida no impulso, muitas vezes se casando de novo quando mal acabaram de se divorciar, era apenas uma questão de conveniência, o que não era motivo para se envergonhar. A questão era diferente para uma mulher — mulheres se autocensuram mais, são mestres nisso, já que foram ensinadas a agir assim ao longo da vida inteira — e, no entanto, os sentimentos que eu nutria por Yvan, que era tão diferente do homem com quem eu havia sido casada, do homem com quem eu ainda estava casada, teimavam em não se dissipar.

Acabei me mudando para o apartamento de Yvan três meses depois de Christopher e eu termos nos separado. O trabalho de

Yvan como jornalista dava a ele um estilo de vida confortável, mas não luxuoso. Tinha muito menos coisas do que Christopher, mas essas coisas pareciam importar mais, ser mais funcionais, e eu acomodei os meus próprios pertences no meio delas com surpreendente facilidade. Vivíamos no apartamento: não eram raros os dias em que trabalhávamos no mesmo cômodo, fazíamos as nossas refeições e íamos para a cama sem nos separar. Embora o apartamento fosse bem menor do que o de Christopher, como casal nós parecíamos precisar de menos espaço; era a discórdia que exigia todo aquele espaço.

Em pouco tempo, Yvan começou a me encorajar a pôr fim de vez na minha separação de Christopher ou, pelo menos, a contar para ele que eu não estava mais morando no antigo apartamento — naquele momento, nem disso Christopher sabia ainda. No início Yvan fazia isso de um jeito hesitante, parecia não saber ao certo quais eram os seus direitos — o progresso de um relacionamento, para o bem ou para o mal, sempre pode ser descrito como o acúmulo ou a perda de direitos — mas, conforme nosso caso ia adiante, agora que eu estava morando na casa dele, Yvan passou a deixar claro que eu o estava colocando numa posição delicada, ele só queria saber em que pé as coisas estavam.

O que era um pedido justo, eu mesma sabia disso. De um ponto de vista puramente logístico, era vital que eu informasse a Christopher que eu havia saído do apartamento. E se houvesse um vazamento? E a correspondência que estava se acumulando na caixa do correio? Eram questões simples, práticas. Por que então eu hesitava em ligar para Christopher para lhe contar algo que dificilmente seria um golpe para ele? Seria por causa da relação anterior entre Christopher e Yvan? Ou porque Christopher tinha me pedido para não contar a ninguém sobre a separação, um pedido com o qual eu havia concordado, apesar do fato de eu já estar morando na casa de outro homem, um homem que na verdade era amigo dele?

Por motivos óbvios, essa indecisão — que poderia se tornar para mim e para Yvan, como aconteceu com aquele casal do jantar, uma hesitação fatal — tinha que ser ocultada de Yvan. Eu disse a ele que contaria a Christopher — o que eu contaria nós nunca chegamos a especificar. Yvan nunca exigiu abertamente que eu pedisse o divórcio a Christopher, talvez porque achasse que isso seria ir longe demais e, de qualquer forma, era humilhante forçar uma mulher a pedir o divórcio ao marido, uma mulher devia fazer isso por vontade própria, para poder ficar com o homem que ela ama.

Mas quanto mais tempo eu ficava em Gerolimenas à espera de Christopher, mais o desejo de realmente confrontá-lo se esvaía. Eu não duvidava da intensidade dos meus sentimentos por Yvan, mas o problema começou a parecer mais uma questão de administração do que de paixão, uma coisa já difícil de admitir para mim mesma, que dirá para um amante impaciente. Talvez fosse uma questão de idade: *Você não pode dizer que fez isso por amor, uma vez que na sua idade as paixões românticas já enfraqueceram e o coração obedece à razão.*

No entanto, a razão ditava que eu não podia estar casada com um homem e morar com outro, pelo menos não por muito tempo. *O coração obedece à razão.* O que seria irracional seria permanecer naquele estado de indecisão, nem dentro nem fora do casamento, nem com aquele homem nem livre dele. Quanto mais rápido eu conseguisse sair daquela situação, melhor, eu não podia continuar subjugada a duas séries separadas e antagônicas de expectativas, lembrei a mim mesma que existiam razões pelas quais eu precisava encontrar Christopher, se não pelo bem dele, pelo meu próprio.

Que tal se eu fosse para aí ficar com você? Yvan perguntou de novo.

Eu não acho que seja uma boa ideia, respondi.

Temi que ele achasse a resposta agressiva demais, hostil demais; eu não estava querendo desmerecer os temores dele, embora também não quisesse exatamente que eles prosperassem, o que não seria bom para nenhum de nós dois. Continuei: Só iria complicar a situação, eu não quero envolver você nisso, não me parece que seja justo com ninguém. E antes que eu pudesse ir muito além, ele me cortou, dizendo: Claro, você tem razão, é só que eu sinto a sua falta. Eu também sinto a sua, eu disse.

Conversamos mais um pouco, falei sobre o hotel, sobre a moça chamada Maria — ele achou a ideia de que Christopher pudesse ter seduzido a recepcionista muito divertida, isso era, disse ele, exatamente o tipo de coisa que Christopher faria. Ele era um pervertido, mas de um jeito que de alguma forma parecia... *chique*, disse Yvan, as aspas em torno da palavra audíveis em sua voz. Nós dois rimos, foi um bom momento, era como se estivéssemos falando de um amigo comum, de quem gostássemos, o que de certa forma era verdade.

Antes de nos despedirmos, eu disse de novo que não havia razão para ele se preocupar, que era improvável que Christopher recusasse meu pedido de divórcio, que ele havia parecido indiferente na última vez em que nos falamos, que estava mais com pressa de desligar o telefone do que qualquer outra coisa, como se precisasse ir a algum lugar. Era a primeira vez que eu usava a palavra *divórcio*, e senti mais do que ouvi a explosão de felicidade em Yvan. É uma situação chata, mas é só isso, continuei. Assim que Christopher voltar, vou dizer a ele que quero o divórcio e aí essa situação vai terminar, e então vai ser basicamente uma questão burocrática. Sendo assim, disse Yvan, e deu para perceber o esforço que ele estava fazendo para manter um tom de voz leve, eu espero que ele volte logo.

4.

Ainda naquela tarde, chamei um táxi e fui a uma das pequenas vilas do interior. Imaginei que Christopher tivesse feito o mesmo em algum momento — havia um limite para o tempo que uma pessoa conseguia passar no terraço, à beira da piscina, ou em qualquer outra parte da área do hotel, antes que o tédio a invadisse.

Eu disse a Kostas que queria conhecer a região. Ele tentou me convencer de que não havia nada para ver. Eu disse que isso não era possível, que havia quilômetros e quilômetros de área rural atrás de nós. Depois de alguma relutância, ele acabou mencionando uma igreja próxima onde havia alguns afrescos que um dia já tinham sido impressionantes, até serem desfigurados pelo Partido Comunista local.

Eu disse que a sugestão parecia boa, parecia interessante, e ele imediatamente deu para trás, pondo-se a folhear uma pilha de brochuras e folhetos à procura de alguma outra opção com que me tentar. Havia várias excursões que ele poderia sugerir, ou ele podia reservar uma mesa num restaurante famoso que ficava na vila seguinte, mais adiante na costa. Essa era maior do que Gerolimenas, havia bares lá e até uma boate. Ou eu podia alugar um barco e ir até uma ilha próxima com praias maravilhosas, valia muito a pena conhecer, ele recomendava. Eu disse a ele que preferia ir à igreja, que talvez experimentasse o restaurante ou a ilha outro dia. Como ele ainda parecia hesitante, eu disse que só queria pegar um pouco de ar, mudar de cenário. Não precisava ser nada de espetacular. Por fim, ele deu de ombros e ligou para a empresa de táxi local para pedir um carro. Quando desligou o telefone, me avisou de novo que a igreja não era nada de impressionante, era só uma igrejinha local, muito pequena e praticamente inativa, não era o tipo de coisa que as pessoas vinham para aquela área para ver. Elas vinham pelo mar, pelas praias, pela vista...

Quando o táxi estava saindo da vila, começou a chover. Perguntei ao motorista qual era o nome dele e ele disse se chamar Stefano. Perguntei se conhecia Kostas e Maria e respondeu que sim, que os conhecia desde pequeno. Cresceram juntos. Maria principalmente — ela era como uma irmã para ele. Eu disse que era uma vila pequena e ele concordou. Todo mundo conhecia todo mundo e ninguém nunca ia embora dali. Perguntei se não tinha gente que se mudava para as cidades grandes, para Atenas, por exemplo. Ele fez que não. Não há emprego em Atenas, a taxa de desemprego está mais alta do que nunca.

Depois, ficamos em silêncio. Do lado de fora, a paisagem inteira estava preta por causa dos incêndios. Subíamos as colinas, deixando a costa para trás. A vegetação tinha sido dizimada, substituída por montes de carvão queimado, uma paisagem lunar. Fileiras e mais fileiras dessas formas curiosas se estendiam por todo o terreno. Em alguns lugares, colunas de fumaça ainda subiam do solo. Até uma semana atrás isso aqui tudo ainda estava pegando fogo, disse Stefano. Só agora eles haviam conseguido extinguir os incêndios, depois de semanas, de meses ardendo. Perguntei a Stefano como os incêndios haviam começado e ele disse que foram propositais. Esperei que ele continuasse. Uma desavença entre dois fazendeiros, ao que parecia por causa de roubo de gado. Os rebanhos pastavam por toda parte, disse Stefano, como é que era possível saber a quem os animais pertenciam? Se um bode vai parar no terreno errado, isso não é motivo para querer vingança. Mas claro que os fazendeiros não pensavam assim, fizeram acusações malucas, primeiro um depois o outro, uma acusação mais exagerada que a outra. Depois eles começaram a roubar de verdade animais um do outro, e aí de roubo de gado a vandalismo foi um passo, a situação foi tomando proporções cada vez maiores, cada vez mais gente foi se envolvendo — parentes e amigos, depois parentes de parentes e amigos de amigos —, até que, de repente, a região inteira estava pegando fogo.

Um absurdo, disse ele. Era difícil não concordar, havia uma distância abissal entre o fato de cabeças de gado terem desaparecido, um bode, uma vaca, uma ovelha, e a devastação à nossa vola. Não era tão simples, ele explicou, a questão na verdade era uma rixa familiar dos dias atuais, as cabeças de gado e os incêndios eram apenas a última edição de algo que se renovava a cada ano. Da mesma forma como a terra se renova, disse ele, e vai se renovar de novo depois dos incêndios — com a primavera virá uma nova rixa, aparentemente por causa de outra coisa, mas no fundo por causa da mesma coisa. Este é um país viciado em briga.

Principalmente em Mani, ele disse que a área era conhecida por sua violenta história de lutas. Os maniotas — como os habitantes de Mani eram chamados — eram conhecidos por serem muito independentes, mas era difícil dizer para que tinha valido essa independência. Não tem nada aqui, disse ele. Olhe, você mesma pode ver, não há nada aqui além de pedras, este lugar é uma coleção de pedras. Nós lutamos pela nossa independência e pela nossa terra e tudo o que conseguimos foi uma coleção de pedras.

Ele dobrou uma curva e entramos numa estrada estreita, de pista única. Ali a vegetação não tinha queimado até o chão, mas, por alguma razão, derretido: nos dois lados da estrada, havia cactos murchos e encurvados, com os braços pendendo para a frente e as pontas chamuscadas. O cheiro era horrível. A terra está apodrecendo, disse Stefano, e tinha exalado aquele cheiro o verão todo. Perto da costa, onde ficava o hotel, o cheiro se dissipava, o vento soprava o cheiro para o mar, mas mais para o interior o fedor tinha se acumulado, dia após dia. Estava pior no auge do verão, quando a temperatura aumentara e o cheiro se intensificou, mal dando para respirar.

Uma pequena igreja de pedra estava visível no horizonte. Não havia nada ao redor dela, a não ser a paisagem queimada. Nós seguimos no táxi até perto da igreja. No gramado chamuscado do lado de fora, havia latas amassadas e enferrujadas, todo tipo de detritos. A fachada de pedra tinha sido pichada — grandes letras gregas que eu penei para decifrar, *lambda*, *fi*, *épsilo*; eu falava e traduzia francês. Outras marcas tinham sido entalhadas nas portas de madeira. O lugar estava em péssimo estado, não parecia haver ninguém responsável pela manutenção, era difícil imaginar uma congregação se reunindo ali. Stefano desligou o motor do carro e deu de ombros, seu rosto sombrio.

Não é nada de mais, nada que valha a pena ver.

Ela ainda é usada?

Ah, sim, disse ele. Parecia um pouco surpreso. Claro.

Abri a porta do carro. A chuva fina era instantaneamente absorvida pelo solo, que continuava seco. Stefano perguntou se eu queria um guarda-chuva, devia ter um no porta-malas. Eu disse que não precisava, a chuva não estava fria nem desagradável. Ele deu de ombros de novo e saiu do carro. Fui andando atrás dele em direção à porta de duas folhas da igreja, que ele abriu; obviamente nada era trancado por ali. Ele deu um passo atrás e indicou que eu podia entrar no interior penumbroso. Meteu a mão no bolso e puxou um maço de cigarros, depois disse que ficaria esperando do lado de fora.

Apertei o interruptor — uma única lâmpada elétrica acendeu, emitindo um zumbido alto. Não iluminou quase nada do interior da igreja. Depois de alguns instantes, meus olhos se ajustaram à escuridão. Era verdade que era um espaço modesto: algumas fileiras de bancos de madeira, um altar simples e um relicário. A igreja era bizantina, provavelmente do século doze ou treze. Um grande afresco ocupava três das paredes. Os rostos das figuras do afresco tinham sido apagados e o efeito era estranho, uma fileira de santos cegos e sem feições, tornados anônimos por uma mão igualmente anônima.

Mais letras tinham sido escritas na parede interna, com tinta — não pareciam ter sido escritas pela mesma pessoa ou pessoas que desfiguraram o exterior, a tinta era de outra cor, estava mais desbotada apesar da evidente ausência de luz do sol do lado de dentro, as letras toscas tinham um estilo diferente. Na entrada, Stefano fumava. Eu lhe perguntei o que a pichação dizia. Com cuidado, ele apagou o cigarro no chão, depois se abaixou para pegar a guimba.

Entrou na igreja, logo fazendo o sinal da cruz antes de parar diante do afresco. Isso é da época da guerra civil. Ele deu alguns passos para a frente e tocou na parede. Os comunistas desfiguraram os santos — deixaram os santos literalmente sem cara, disse ele, com um sorriso melancólico — e escreveram algum slogan comunista idiota. Não dá para ver todas as letras, algumas delas foram cobertas, mas está escrito, ele traduziu: *Frente Unida de Baixo.*

Ele apontou para uma sequência de letras, boa parte da qual tinha sido coberta. Vi que não era uma pichação única como eu havia pensado a princípio, mas sim duas mensagens independentes escritas em duas ocasiões diferentes, a primeira delas apagada de qualquer jeito e apenas parcialmente coberta pela segunda. Stefano passou os dedos pela parede e apontou para a segunda sequência de letras. O exército veio, cobriu o slogan comunista e escreveu o seu próprio slogan: *Atenas é a Grécia*. Mas dá para ver que eles fizeram um trabalho porco. Partes do slogan comunista original ainda estão visíveis: *Fre...* e *...aixo*. Se você tenta ler tudo junto, não faz nenhum sentido, é uma frase sem sentido: *Fre Atenas é a Grécia Aixo*.

Stefano continuou. Eles acharam que não era suficiente pintar a mensagem deles por cima do velho slogan, também quiseram entalhar a mensagem deles na pedra, só que não terminaram o serviço. Fui examinar a superfície de pedra; era verdade, alguém entalhara algumas letras — que só tinham alguns centímetros de altura, eram bem menores do que a esparramada pichação que estava por baixo, pintada com uma mão mais livre, afinal era bem mais difícil gravar na pedra — e depois parado de repente, como se tivesse sido interrompido ou talvez decidido que o esforço não valia a pena.

Isso é extraordinário, como registro do conflito, eu disse a Stefano. Ele deu de ombros e disse: A igreja é muito mais antiga do que essa disputa política, muitos séculos mais velha, em outro país ela teria sido limpa, haveria dinheiro para preservar a igreja, para fazer reparos, mas aqui?

Concordei, balançando a cabeça. Ele esperou alguns instantes, como que para ver se eu tinha mais alguma pergunta a fazer. Depois, deu as costas e voltou lá para fora. Fiquei só mais alguns minutos ali, não queria deixar Stefano esperando muito tempo, embora tivesse visto que ele já havia acendido outro cigarro e imaginasse que ele provavelmente esperaria de bom grado, afinal o taxímetro continuava correndo. Estava fresco dentro da igreja, uma trégua do calor seco do lado de fora. Fiquei parada diante da fileira de santos sem rosto, nunca tinha visto nada igual. Quando voltamos para o carro, perguntei a Stefano o que mais eu poderia ver por ali, tinha o resto da tarde livre e queria fazer um passeio pela área.

Uma opção seria ir a Porto Sternes, ele respondeu. Não é muito longe daqui, só um pouco mais ao sul da península. Lá tem ruínas muito bonitas de uma igreja, na praia. Dizem que a entrada para o Hades fica numa caverna de Porto Sternes — os turistas gostam disso, embora seja apenas uma caverna, uma caverna muito bonita, grande até, mas mesmo assim apenas uma caverna. Eu disse que, nesse caso, eu não fazia questão de ir, embora gostasse da associação entre mitos e lugares reais, lugares aonde você podia ir, talvez se a minha estadia se prolongasse mais eu fosse.

O que a trouxe a Mani? Stefano perguntou. Era uma pergunta razoável, para a qual eu não conseguia pensar numa resposta. Para passar férias, para relaxar, para fugir da rotina, porque eu sempre quis conhecer a Grécia. Como eu não respondia, ele continuou: A maioria das pessoas que vêm para cá não sai do hotel, às vezes vão para a praia ou para uma das ilhas, mas nunca se interessam em conhecer o interior.

Enquanto ele falava, avançávamos rumo ao interior, atravessando uma vila. Havia casas pequenas, térreas, dos dois lados da estrada. As casas eram feitas de cimento, não de pedra, e não tinham charme nenhum; era verdade que não havia nada de muito interessante para ver. Cachorros vagavam pela rua e os quintais na frente das casas eram protegidos por cercas de arame. Em alguns lugares, pedaços de arame tinham se soltado das estacas. Viam-se cadeiras de plástico do lado de fora das casas, empenadas e amareladas pela exposição ao sol. Aquele lugar não tinha nada em comum com Gerolimenas, uma vila essencialmente pitoresca. Aquele era o lugar de onde Stefano, Maria e Kostas eram, não Gerolimenas. Ainda me observando pelo espelho retrovisor, o motorista repetiu a pergunta: O que a trouxe a Mani? Tive um breve impulso de responder com sinceridade — poderia ser um alívio explicar a minha situação para alguém, o objetivo por trás da minha visita, a intrigante duração da minha estadia, que ainda continuava incerta. Por que não para aquele homem, um estranho em sua essência, alguém que não era obviamente compassivo, mas também não era desprovido de compaixão? Ele poderia, por exemplo, ter levado Christopher a algum lugar em algum momento, poderia até saber para onde ele tinha ido. Mas não segui esse impulso. Em vez disso, respondi sem saber exatamente por quê e nem mesmo de onde as palavras estavam vindo: Eu estou escrevendo um livro sobre o luto.

As palavras soaram falsas assim que comecei a dizê-las, a mais rala das ficções. Se tivesse conhecido Christopher, Stefano saberia que a explicação era uma mentira, já que era muito improvável que dois turistas estivessem escrevendo dois livros diferentes sobre o luto. Mas, para minha surpresa e alívio, Stefano não só não deu nenhum sinal de ter achado a explicação particularmente implausível como pareceu ficar interessado e até contente. Disse que aquela não era a razão habitual por que as pessoas vinham a Mani, mas era uma boa razão, uma razão interessante que ele conseguia entender, muito melhor até do que entendia os turistas que vinham por causa das praias.

Eu tinha vindo por causa das carpideiras?, ele perguntou. E eu respondi: Isso, exatamente. E depois não consegui pensar em mais nada para dizer. Por sorte, ele continuou a falar. Eu já tinha ouvido uma carpideira entoar uma lamentação? Era uma coisa impressionante, muito bonita, muito comovente. Não, eu disse. Nunca ouvi, a não ser em gravações — isso também não era verdade, e eu não fazia a menor ideia de por que eu insistia naquela mentira sem sentido. Torci para que ele não me pedisse para descrever as gravações nem para dizer onde eu as havia conseguido, talvez carpideiras não permitissem que suas lamentações fossem gravadas e ele tivesse percebido de imediato que eu estava mentindo.

Eu queria mudar de assunto, mas ele estava entusiasmado demais. Disse que, na verdade, a tia-avó dele era uma carpideira muito admirada, uma das melhores da região. Às vezes ela viajava enormes distâncias para carpir, as pessoas a chamavam mesmo quando havia uma carpideira local disponível. Era uma pena que não houvesse nenhum funeral marcado no momento para que eu pudesse ir, infelizmente ninguém tinha morrido em nenhuma das vilas próximas. Ele disse isso sem nenhum sinal de morbidez, estava apenas sendo prático. Se eu tivesse vindo um mês antes!, disse ele. Várias pessoas haviam morrido nos incêndios e o interior tinha sido tomado pelo som das lamentações. Sua tia-avó e uma amiga dela, que cantavam juntas com frequência, tinham viajado de um funeral para outro, cantando o caminho inteiro, espalhando sua nênia — a música da dor — pelo ar.

Eu falei que sentia muito por ter perdido isso, uma coisa idiota de dizer, mas ele não pareceu notar. Era uma prática que estava morrendo, ele disse de repente. Ninguém das gerações mais novas queria se tornar carpideira e em vários lugares fora de Mani a prática já nem existia mais. Isso para ele era uma grande lástima. Não que ele fosse um tradicionalista, disse Stefano. Mas hoje em dia as moças só querem saber de ficar famosas e aparecer na televisão, elas se vestiam como prostitutas e depois ficavam espantadas quando eram desrespeitadas. Ele mergulhou num silêncio taciturno, ficou claro que estava falando de alguém em particular.

Seja como for, sua amiga Maria não parece ser assim, eu disse, ela parece ser uma moça muito sensata. Ele ficou em silêncio por um momento — seu rosto se iluminou quando a mencionei, mas depois se turvou de novo, claramente havia algum tipo de impedimento. É, ela é sim, ele disse enfim. Ela é quase sensata demais, é uma moça muito prática. Isso é uma grande virtude, mas também faz com que ela seja um pouco dura às vezes. Ela parece não ter muita paciência para tolices, falei. Ele concordou. Isso é verdade, ela às vezes é impaciente sim, dá para perceber pelo jeito dela, ela não esconde nada, é incapaz de fingir. Ele soou orgulhoso, quase como se estivesse se gabando.

O que uma mulher como ela quer, perguntei, o que ela deseja? (Seria, na verdade, o meu marido?) O que ela deseja? ele repetiu. Casar, ter filhos, morar numa boa casa. Havia irritação na voz dele. Isso era impossível, nenhuma mulher tem uma imaginação tão limitada, Maria não seria exceção. Ela me parecera ambiciosa, mesmo que suas ambições não necessariamente envolvessem requebrar em rede nacional de televisão, mesmo que sua ambição fosse tão somente escapar, de alguma forma ainda indefinida.

Tive a impressão de que Stefano sabia disso, pois ele havia deixado transparecer certo mal-estar enquanto falava, como se o seu coração estivesse martelando com tanta força dentro do peito que tivesse ficado difícil disfarçar. Eu imaginava que fosse sentir pena — embora não soubesse o que havia acontecido entre Maria e Christopher, nem o que estava acontecendo entre ela e o motorista —, mas, em vez disso, senti afinidade por aquele homem, talvez porque me faltasse o distanciamento esclarecedor que permite a alguém sentir pena. Senti isso, apesar de as razões que motivavam essa afinidade — se é que de fato era essa a palavra — serem, na melhor das hipóteses, tênues; não havia nada em comum entre nós dois além do fato de que ambos tínhamos, hipoteticamente, sido traídos.

Mas apenas na hipótese, e traídos apenas em certo sentido: não tínhamos direitos sobre aquelas pessoas, ou tínhamos apenas direitos parciais e imperfeitos. Stefano não tinha nenhum direito formal, mas tinha o peso da sua afeição; eu tinha o direito legal, mas não a autoridade do amor. Juntos, poderíamos ter tido o direito de ficar indignados ou de sentir ciúme, mas individualmente não tínhamos nada além de um poço particular de sentimentos. No meu caso, pensei, esses sentimentos ficavam cada vez mais indefinidos; à medida que a minha vida com Christopher começava a se distanciar no passado, tudo o que eu descobria sobre ele — um detalhe insignificante sobre a sua nova vida, uma revelação a respeito do seu passado — era uma fonte de potencial desconforto, que causava uma pontada de dor maior ou menor, ou por vezes até mesmo indiferença. Esse era o processo por meio do qual duas vidas se desentrelaçavam; com o tempo, o pavor e o desconforto iriam desaparecer e ser substituídos por uma estável indiferença, eu veria Christopher na rua por acaso e seria como ver uma velha fotografia de mim mesma: eu reconheceria a imagem, mas não conseguiria lembrar exatamente como era ser aquela pessoa.

Mas Stefano... quem poderia dizer se a sua paixão também iria minguar e se transformar nessa apatia, ou se iria se mostrar mais forte e perdurar? Será que ele acabaria se casando com outra mulher — havia outra mulher, estivesse ele ciente disso ou não, ciente da existência dela; ele era um homem bonito e para um homem bonito sempre há outra mulher — mas manteria acesas as brasas do antigo amor? As pessoas são capazes de viver num estado de permanente decepção, há muita gente que não se casa com quem esperava se casar, quanto mais viver a vida que esperava viver, outras pessoas inventam novos sonhos para substituir os antigos, encontrando novos motivos de descontentamento.

Fiquei observando Stefano, que mordia o lábio, com os olhos fixos na estrada à sua frente. Ele não me parecia ser um desses inventores de descontentamentos. Ele sabia o que queria, e o que ele queria nem estava necessariamente fora do seu alcance, embora convencer alguém que não está disposto a amar a dar uma chance ao amor fosse uma tarefa arriscada e que só raras vezes dava certo. Infelizmente, é difícil convencer uma pessoa de que ela precisa de algo cujo propósito ela não consegue enxergar.

Começou a chover de novo quando estávamos chegando ao hotel. Stefano hesitou por um momento antes de desligar o motor, depois perguntou se eu queria conhecer a sua tia-avó, a carpideira. Mais que depressa, acrescentou que eu não poderia ouvi-la carpir de fato — Ela não faz isso por encomenda, disse ele, de forma um tanto ilógica, já que, ao que me constava, era exatamente isso o que ela fazia. Mas eu poderia conversar com ela, disse ele, entrevistá-la, *entrevistá-la*, ele repetiu, como se a sua língua estranhasse aquela palavra.

Eu disse que isso seria muito útil. Não consegui pensar em nenhuma outra resposta que pudesse parecer lógica, já que supostamente eu estava em Mani para pesquisar os rituais de luto da região; no meu lugar Christopher teria aceitado a oferta de Stefano sem pestanejar. Na verdade, talvez até tivesse de fato — se a tia-avó era mesmo uma carpideira tão famosa, não era provável que Christopher a tivesse procurado? Ele poderia até ter falado com ela sobre a pesquisa que estava fazendo e sobre os seus planos de viagem, o mistério do seu atual paradeiro. Stefano

conferiu as horas no relógio de pulso, disse que achava que a tia-
-avó estaria em casa naquele momento, era justamente a hora em
que ela costumava acordar da sua soneca da tarde — ela era idosa, precisava fazer a sesta — se eu estivesse livre, nós poderíamos
ir até lá, tomar um café com ela.

Eu disse que parecia ótima ideia. Ele tirou o celular do bolso e discou, enquanto eu esperava no banco de trás. Falou apenas
brevemente, com um tom de voz jovial, e depois desligou; era
provável que ele fosse um bom filho para sua mãe, um homem
que se importava com a família. Tudo certo, disse ele, eu falei
para ela que você era minha amiga e ela disse que vai ser um
prazer conhecer você. A gente pode falar do livro depois. Ele deu
partida no carro e acrescentou que a casa da tia-avó não ficava
longe, só uns quinze quilômetros rumo ao interior. Pegamos a
estrada pela qual tínhamos acabado de voltar. Stefano estava muito falante, parecia feliz com a ideia de apresentar sua tia-avó a
mim, feliz por eu ter aceitado seu convite. Havia algo quase fin-
gido no jeito dele e eu fiquei me perguntando de novo se ele
teria levado Christopher a algum lugar, talvez até mesmo à casa
da tia-avó, e se ele teria dito aquelas mesmas palavras, *Ela disse
que vai ser um prazer conhecer você, a casa dela não fica longe.*

Logo chegamos a outra vila, muito parecida com a que tínhamos acabado de atravessar, uma série de casas baixas ao longo de outra estrada de pista única. Ele parou o carro em frente a
uma casinha branca; havia roupas penduradas num varal e flores
de plástico em vasos ao lado da porta. Mesmo olhando de fora, a
casa parecia de alguma forma deteriorada e bem cuidada ao mesmo tempo. Essa impressão não se alterou quando subimos a escada da frente. Stefano bateu na porta antes de abri-la — ele
agora parecia mais jovem, como um menino que volta para casa
depois de passar o dia na escola — e chamou a tia-avó, que apareceu logo em seguida.

Ela nos recebeu com um sorriso, depois sacudiu a cabeça como quem pede desculpas quando Stefano disse que ela não falava inglês. Continuou sorrindo quando fez um gesto nos convidando a entrar na cozinha e puxou uma cadeira para que eu me sentasse, parecia quase incessantemente alegre. Nescafé?, ela perguntou — uma pergunta que eu podia entender — e eu acenei com a cabeça. Em pouco tempo, nós três estávamos sentados em volta de uma pequena mesa (coberta com uma toalha de plástico com um colorido padrão de cerejas e morangos, espalhafatosa, mas fácil de limpar), tomando canecas de café instantâneo, ralo e amargo.

Perguntei quanto tempo fazia que ela morava naquela vila e, depois de esperar que Stefano traduzisse, ela respondeu: A minha vida inteira, resposta que Stefano traduziu de volta para o inglês. Eu fiz que sim e nós continuamos dessa forma, cada fragmento de diálogo passado de um lado para o outro por Stefano, numa conversa que se desenrolava mais lentamente do que seria normal. Eu estava mais acostumada a ocupar a posição de Stefano — a de quem transmite, mas também de quem entende — no entanto, descobri que não me importava de estar sendo traduzida, de uma maneira curiosa isso tornava a situação bem menos constrangedora. Não era exatamente como estar falando com uma pessoa estranha, para nenhuma de nós duas, já que de certa forma ela estava falando não para mim, mas para Stefano, seu olhar se alternando entre nós dois.

Enquanto observava Stefano e sua tia-avó, em busca de improváveis semelhanças familiares entre eles, uma ruga entre os olhos, o ângulo do queixo, pensei em Christopher, meu marido, que muito facilmente poderia ter estado ali, apenas alguns dias antes. Quase senti a presença dele naquela cozinha conosco, ele poderia ter se sentado naquela mesma cadeira, diante daquelas mesmas pessoas, olhado para elas exatamente como eu estava olhando naquèle momento. Mas o que ele teria feito daqueles encontros eu não sabia, não conseguia nem imaginar que perguntas ele poderia ter feito. Como sempre, voltei para a ausência que estava no cerne da minha experiência de me relacionar com Christopher.

Quase perguntei à tia-avó se ela tinha conhecido Christopher, se ele havia estado ali na vida real e não só nas minhas suposições. Mas não consegui encontrar as palavras, não sabia como formular a pergunta, e, depois de alguns instantes, em vez disso perguntei sobre os incêndios, se ela conhecia alguma das partes envolvidas. Ela riu, sacudindo um pouco o corpo; ela era baixa, mas não era uma mulher pequena, seu corpo parecia ser feito de carne compactada. Usava um vestido de estampa floral, mas suas feições eram andróginas, talvez por natureza ou talvez por causa da idade. Ela conhece todo mundo, disse Stefano. Os homens que provocaram os incêndios, ela diz que eles são meninos. São homens, mas são meninos. Ela sorriu, balançando a cabeça em sinal afirmativo enquanto ele falava, como se entendesse inglês perfeitamente.

Ele deveria perguntar a ela sobre o trabalho de carpideira? Stefano me perguntou, baixando a voz e se inclinando na minha direção. Eu tive um sobressalto, quase havia esquecido o motivo pelo qual estava ali, e respondi rapidamente: Há quanto tempo você é carpideira? Era uma pergunta idiota e fiquei envergonhada na mesma hora, tive até a impressão de que Stefano me lançara um olhar de reprovação, talvez a pergunta fosse direta demais. Christopher com certeza teria se saído melhor na tarefa. Mas Stefano prontamente traduziu a pergunta e a resposta: A minha mãe era carpideira e a minha tia também, é uma coisa de família, não havia por que eu não me tornar carpideira também, depois que ficou claro que eu tinha o pendor.

Quando você percebeu que tinha o pendor?

Quando era bem nova. Como eu disse, a minha mãe e a minha tia eram carpideiras, cantavam juntas, e eu me lembro de, ainda criança, ver as duas cantando em funerais. Eu me sentava perto dos parentes da pessoa falecida e ficava vendo as duas carpirem. Elas eram famosas e trabalhavam juntas. Então, eu era bem nova quando comecei a tentar cantar. E aprendi, elas me ensinaram primeiro a cantar e depois a canalizar a tristeza que é necessária para carpir.

Elas ensinaram isso quando você ainda era criança?

Mesmo crianças têm a experiência da tristeza. No início, quando era mocinha, eu pensava em histórias tristes que eu tinha ouvido, sobre soldados que haviam morrido na guerra e sobre as esposas e namoradas que ficavam esperando por eles em vão. Com o tempo, conforme fui ficando mais velha, passei a ter as minhas próprias perdas para lembrar, e aí ficou mais fácil: eu perdi meu pai, meu irmão e depois meu marido. Nesta altura da vida, não me falta inspiração.

Então você pensa numa perda pessoal?

Sim. As canções em si, elas são lamentações fixas, contam histórias. Mas para poder sentir de verdade as canções, para poder despertar a emoção necessária para lamentar, eu preciso pensar em algo pessoal, é difícil ficar só no abstrato. É também por isso que você se torna melhor conforme vai envelhecendo; quando é jovem, não tem ainda uma experiência íntima da morte, da perda, não tem tristeza suficiente dentro de você para carpir. Você precisa ter um bocado de tristeza no íntimo para poder chorar por outras pessoas, e não só por si mesma.

Seus olhos estavam piscando enquanto ela falava, e, ao terminar, ela sorriu como se tivesse dito alguma coisa engraçada. Depois, pigarreou e olhou para Stefano, como que esperando que ele fizesse a próxima pergunta.

Você acha que ela estaria disposta a cantar para mim?

Ele pareceu hesitar — já tinha me dito que era improvável — mas depois fez a pergunta mesmo assim. Ela ficou em silêncio por um momento, ajeitando as pregas da saia com as mãos. Pigarreou de novo e então começou a cantar. Sua voz era baixa e gutural, e ela começou de um jeito quase experimental, como que se acostumando com o peso da voz, erguendo uma das mãos no ar enquanto cantava em uma série de registros atonais. Então, pareceu encontrar a linha que estava procurando, e seus dedos se juntaram de encontro ao polegar, como se ela estivesse desenhando a linha no ar.

Sua voz, que começava a se espalhar pela cozinha, não era bonita. Era uma voz pesada, tão pesada e desajeitada quanto os pedregulhos que marcavam a paisagem de Mani, uma coleção de pedras. As notas tombavam de sua boca e rolavam pelo chão, uma depois da outra. Foram se acumulando, e logo a cozinha ficou repleta daquelas notas dissonantes. Ela continuou, sua voz ganhando volume, os objetos vibrando, o som do canto dela transformando o interior da cozinha onde estávamos sentados. Começou a bater na mesa com a mão, fechou os olhos e em seguida se pôs a balançar o corpo para a frente e para trás, ainda marcando o ritmo com os dedos.

Sua voz subiu uma ou duas oitavas e ela começou a fazer um som agudo e plangente. Enquanto ouvia, hipnotizada, eu percebi que lágrimas começavam a brotar em seus olhos, agora ligeiramente abertos, com a cabeça inclinada para trás. As lágrimas ficaram paradas sobre a borda inferior dos olhos por um longo instante, antes de começarem a escorrer devagar. Ela parou para tomar ar, ofegante, e em seguida continuou, como se estivesse num transe, os olhos agora bem abertos, as lamentações jorrando de dentro dela, o rosto banhado de lágrimas.

Olhei para Stefano, queria que ela parasse — ela estava sofrendo, e para quê? Senti na mesma hora a extensão da minha impostura: eu não estava escrevendo livro nenhum, não estava pesquisando rituais do luto, não tinha nada a aprender com a dor dela, de cuja autenticidade eu não duvidava, apesar do fato de aquilo ser uma encenação, essencialmente por encomenda, a situação toda uma fabricação. E entendi que era por isso que ela era paga, não por causa das suas habilidades vocais, nem mesmo pela força considerável da sua exibição de emoção, mas porque ela concordava em sofrer no lugar de outras pessoas. Quando ela enfim parou, Stefano lhe entregou um lenço de papel, que ela usou para enxugar as lágrimas. Depois, pegou um copo d'água, evitando me olhar nos olhos, e eu achei que ela parecia — enquanto tomava a água e dispensava com gestos as atenções preocupadas de Stefano — envergonhada, como se tivesse sido flagrada fazendo cena. Eu também estava envergonhada e logo me levantei para ir embora. Ela acenou um adeus de um jeito desanimado. Eu não sabia como perguntar a Stefano se podia deixar algum dinheiro para ela e então acabei deixando algumas notas em cima de uma mesa perto da porta. Não parecia ser a coisa certa a fazer, vi Stefano lançar um olhar de relance para as notas, embora não tenha dito nada. Ainda chovia quando saímos e fomos andando apressados até o carro para fugir da chuva.

No meu quarto, fiquei sentada na cama. Apesar da chuva, a janela estava aberta e o ventilador de teto girava num ritmo lento. Eu estava exausta, a tarde havia me esgotado fisicamente. Não me sentia bem com a impostura — com o fato de eu ter encarnado Christopher, ou pelo menos o interesse dele em Mani, sua razão para estar ali, um ato de duplicidade que me servira de passaporte para entrar naquela casa, naquela cozinha — e menos ainda com a sensação fantasma que tinha tido do meu marido, sentado àquela mesa, o cheiro da sua presença mais forte ainda do que havia estado no quarto que ele tinha abandonado. Fazia três dias que eu tinha chegado, e eu continuava sem nenhum sinal dele. Pela primeira vez, uma sensação de pânico me invadiu — e se tivesse acontecido alguma coisa? Precisei admitir para mim mesma que não tinha uma noção clara de quais eram as minhas responsabilidades naquela situação, Christopher tinha todo o direito de desaparecer sem ser perseguido por mim. Mas não era verdade também que ele havia passado tempo demais sem dar notícias, que havia algo de estranho, de errado na sua ausência? Liguei para a recepção e pedi uma lista dos hotéis das vilas vizinhas, sem especificar o motivo do meu pedido. A lista não era longa, em cinco minutos Kostas ligou de volta para me passar os telefones.

Telefonei imediatamente para todos. Christopher não estava hospedado em nenhum deles ou, se estava, não tinha usado o seu nome (mas por que ele iria se hospedar num hotel com um nome falso? A ideia em si era ridícula) e eu desliguei, sem saber o que fazer. Talvez eu devesse ter perguntado abertamente a Stefano se ele tinha levado Christopher a algum lugar, se sabia onde ele estava planejando fazer pesquisa, talvez até se conhecia o motorista que Christopher havia contratado por último; não era impossível. Pouco depois, o telefone tocou. Era Kostas, perguntando se eu precisava de mais alguma coisa. Respondi que não e agradeci. Depois de um momento de hesitação, ele disse que Christopher tinha sido visto na véspera no cabo Tênaro, não muito longe de Gerolimenas. Senti uma imediata sensação de alívio, que logo foi substituída por uma grande irritação — durante todo aquele tempo em que eu havia ficado esperando, Christopher estivera simplesmente fazendo turismo. Perguntei a Kostas se ele sabia quando Christopher voltaria.

Respondeu que não, que ninguém do hotel havia falado com

ele. Depois de alguns instantes de silêncio, ele disse: Uma amiga da Maria o viu, ele estava com uma mulher. Eu estava espantada demais para reagir. Ela está muito chateada, está até chorando, ele continuou, e por um momento eu fiquei na dúvida sobre a quem ele estava se referindo. Desculpe, eu disse, quem está chorando? A Maria, ele respondeu, ela anda chorando, é um verdadeiro pesadelo. Ah, eu disse, e depois acrescentei sem saber por quê: Eu sinto muito. Não se preocupe, disse Kostas, num tom animado, como se estivesse falando de algo sem importância. Ela vai ficar bem. Mas a senhora gostaria de chamar um carro? Quer ir até o cabo Tênaro para se encontrar com o seu marido?

Não, respondi. Meu rosto estava quente e eu não queria falar mais nada, tive que me segurar para não bater o telefone na mesma hora. Kostas ficou um instante em silêncio e então disse: Claro, me avise se houver mais alguma coisa que eu possa fazer. Eu disse a ele que pretendia passar mais uma noite no hotel, mas não mais que isso, que eu estava procurando um voo para voltar a Londres no dia seguinte. Está bem, ele disse. Espero que a senhora tenha gostado da sua estadia conosco. Sim, gostei, obrigada, eu disse. Desliguei o telefone e, em seguida, liguei para Yvan e disse que ia voltar para casa. Sem fazer perguntas, ele disse: Que bom, fico feliz.

5.

Saí e caminhei até o mar, não queria mais ficar no hotel. Deixei minhas coisas na praia — era uma praia agreste e pedregosa, que nada tinha de exuberante, a paisagem passando um pouco do que se poderia chamar de pitoresco, beirando uma aridez sombria e extrema — e fui nadar. Estava frio, mas o mar era calmo e eu nadei até bem longe, passando bastante das boias de balizamento e da beira do penhasco, até onde a baía se abria para o oceano. Embora não o fizesse com muita frequência, eu nadava relativamente bem. A água fria era estimulante, justo do que eu precisava: era impossível pensar imersa nela. Quando ficava cansada, eu parava e descansava, batendo as pernas dentro da água para me manter à tona, depois recomeçava. Passado um tempo, me senti sem fôlego e sem conseguir me recuperar com tanta facilidade, então fiquei boiando de costas e olhando o céu — que não estava azul, mas branco, de modo que a parede do penhasco se fundia gradual e imperceptivelmente com a atmosfera — e depois, quando girei o corpo e me pus na vertical, para o azul-

-escuro da água lá embaixo. Fechando os olhos para protegê-los da claridade do sol, eu me virei e, com relutância, comecei a nadar de volta rumo à praia. Nadara até mais longe do que eu pretendia, não tinha noção de há quanto tempo estava na água. Tinha várias coisas que eu precisava fazer para viabilizar a minha partida, adiada mais de uma vez e agora subitamente iminente — marcar a passagem, arrumar a mala, telefonar para Isabella. Dessa vez, quase não parei para descansar e quando os meus pés tocaram no fundo — a superfície era pedregosa, de modo que eu estremeci de dor e os levantei na mesma hora — eu estava exausta e ofegante. Enquanto saía da água, dois homens começaram a gritar para mim do alto da barragem. Uma moça traduziu: Eles falaram que está frio demais, que já está perto demais do fim da estação para nadar. Eu disse que estava tudo bem e eles balançaram a cabeça em sinal positivo e disseram que ficaram me observando, que chegaram a pensar que iam ter que chamar um bote salva-vidas, mas eu nadava muito bem, era muito forte, tinha voltado para a praia sem problema, eles estavam impressionados. Viram que eu só havia parado duas vezes para tomar fôlego, quase nada, isso era muito bom, eu era melhor do que eles. Eu gritei muito obrigada e eles acenaram para mim, antes de retomarem sua própria conversa.

Essa interação insignificante levantou o meu ânimo. Era a primeira vez que eu falava com alguém de Gerolimenas, salvo os funcionários do hotel, e eles tinham sido mais simpáticos do que eu esperava. Enquanto caminhava de volta para o hotel, eu me lembrei do desdém de Stefano pelas manadas de turistas que afluíam para a área; não era difícil imaginar o que os moradores da vila deviam pensar de mim, eu era exatamente o tipo de pessoa que eles desprezariam. Uma forasteira rica — pelo menos em termos relativos, já que eu estava hospedada no maior hotel da área, em vez de nos estabelecimentos mais modestos situados na extremidade oposta da rua principal da vila, que não pareciam atrair quase nenhum estrangeiro — uma habitante da cidade grande, uma turista.

Uma turista — quase por definição, uma pessoa imersa em preconceito, cujo interesse era circunscrito, que admirava os rostos *envelhecidos* e os modos *rústicos* dos habitantes locais, uma perspectiva absolutamente desprezível, mas mesmo assim difícil de evitar. Se eu fosse eles, teria ficado irritada comigo. Com a minha simples presença, eu reduzia a localidade que era o lar daquelas pessoas a um pano de fundo para o meu lazer, ela se tornava *pitoresca, encantadora, charmosa*, palavras comuns no verso de cartões-postais e em folhetos turísticos. Talvez, como turista, eu até me parabenizasse pelo meu gosto, pela minha habilidade de perceber esse charme; Christopher com certeza teria feito isso, ali não era Mônaco, não era Saint-Tropez, aquela adorável vila rural era algo mais sofisticado, algo inesperado.

Christopher à solta naquele lugar — eu ri, não consegui me conter, era uma coisa terrível de imaginar. A combinação do charme dele com a sua compaixão errática, a sua inabalável inabilidade para imaginar a realidade das situações de outras pessoas — não era de espantar que ele estivesse causando tamanho estrago. De repente, fiquei feliz por ter vindo para Mani com o objetivo de pedir o divórcio. Imaginei como me sentiria se tivesse feito uma viagem tão longa na esperança de uma reconciliação e encontrado Christopher zanzando pela zona rural, perseguindo uma mulher atrás da outra. Por um breve momento, meus olhos ficaram cheios d'água.

Quando cheguei ao hotel, subi a escada de pedra que ia da barragem até o terraço. Fiquei aliviada ao pensar que só teria que jantar no restaurante mais aquela vez; agora que tinha decidido ir embora, não via a hora sair dali, queria que o tempo passasse o

79

mais rápido possível. Quando me aproximei do lobby, vi Maria e Stefano parados perto do balcão. Eu me dei conta de que era a primeira vez que os via juntos, embora eles estivessem teimosamente unidos na minha cabeça. Pareciam estar no meio de uma conversa, talvez até discutindo. Maria usava as próprias roupas: uma calça jeans azul e uma blusa. Eu nunca a vira usando nenhuma outra roupa a não ser o uniforme do hotel e o efeito foi inquietante. Tanto ela como Stefano estavam quase irreconhecíveis; embora a aparência deles fosse a mesma de sempre, o comportamento dos dois, mesmo a distância, estava completamente diferente daquele que eles exibiam enquanto trabalhavam, diferente o bastante para transformá--los em estranhos. Em seus contextos profissionais, eles eram educados e reservados a ponto de parecerem afetados, conscientes o tempo todo de que eram observados.

Ali também eles estavam sendo observados — Kostas, atrás do balcão, fazia anotações num livro de registro, e de vez em quando levantava a cabeça para olhar para eles com uma expressão de desagrado, e chegou mesmo a balançar a cabeça uma vez; era óbvio que aquela não era a primeira vez em que ele via os dois juntos, se comportando daquela maneira — afinal, estavam no meio do local de trabalho de Maria, no lobby do hotel. E, no entanto, não pareciam nada inibidos pelo ambiente, falavam alto, gesticulavam muito e até gritavam de vez em quando.

Parei perto da entrada. Kostas olhava para Maria e Stefano, Maria e Stefano olhavam um para o outro, a atenção dos três quase descrevia uma figura geométrica. Eu, com uma toalha em volta da cintura, meu cabelo e meu maiô ainda molhados — o sol não estava forte o bastante e nem a caminhada tinha sido longa o suficiente para secá-los, mas pelo menos as minhas sandálias não estavam mais deixando pegadas molhadas no piso —, fiquei com vergonha de abrir a porta e entrar no lobby, como se a minha entrada ali fosse uma intromissão ridícula e, de alguma forma, indigna. Decidi me sentar numa das cadeiras do terraço; talvez eles não demorassem muito a ir embora.

De onde estava sentada, continuei a observá-los, o motorista e a recepcionista. Embora naquele momento não houvesse exatamente um excesso de afeição entre os dois, eles não eram de forma alguma um par incompatível, ficavam bem juntos, formavam um belo casal. Ambos tinham a juventude a seu favor, o que não era pouca coisa. Na verdade, Stefano era mais bonito do que Christopher, cuja beleza havia muito já começara a se dissipar com a idade. Vendo-os assim, não era difícil imaginá-los num abraço apaixonado, a desavença — supondo que fosse mesmo uma desavença, mas não me parecia que pudesse ser outra coisa, os sinais eram inconfundíveis — podia ser interpretada como uma simples briga de namorados.

E, no entanto, não era. Logo percebi que havia algo na natureza da discussão que contrariava essa hipótese, a intimidade entre eles não era total, eles não se comportavam exatamente como pessoas que estão dormindo juntas, nem mesmo como pessoas que já tinham dormido juntas em algum momento do passado nem sequer como pessoas que têm necessariamente a intenção de fazer isso no futuro. De onde estava, eu não conseguia ouvir o que eles diziam e claro que eles não deviam estar falando em inglês. As portas de vidro refletiam não só a minha própria imagem, mas também o mar e o céu atrás de mim e a confusão de mesas e cadeiras no terraço, e esse efeito obscurecia a cena do lado de dentro.

Era frustrante da mesma forma que assistir a um filme sem som pode ser, a boca dos atores se abrindo e fechando sem que nenhuma palavra saísse. Eu queria ouvir o diálogo deles, embora soubesse que não iria conseguir entender o que falavam, e apesar do fato daquela conversa obviamente não ser da minha conta. Mesmo assim, me levantei, abri a porta de vidro, entrei no lobby e me sentei numa das cadeiras dispostas perto do balcão.

Fiquei com receio de que parecesse excêntrico, me sentar no meio do lobby de maiô e toalha, e estava esperando que Maria e Stefano se virassem para olhar para mim, que Kostas me perguntasse se podia ajudar, se eu precisava de alguma coisa. Mas nenhum deles esboçou qualquer reação, era quase como se eu não estivesse lá. Sentada naquela cadeira, fiquei sem querer como que hipnotizada, era muito plausível que os problemas daquelas pessoas estivessem relacionados ao meu — por exemplo, eu não conseguia deixar de pensar que Christopher devia estar na raiz do desentendimento dos dois. Era uma suposição razoável. Kostas havia dito que Maria tinha ficado chateada quando soube daquela outra mulher, que ela tinha chorado.

Maria disse alguma coisa em voz alta, ríspida — como eu esperava, eles estavam falando grego e, para tentar decifrar o teor da conversa, eu só podia me basear no tom e nos gestos que empregavam. No entanto, conseguia observar isso tudo com mais clareza agora que estava dentro do lobby. Enquanto falava, Maria balançava a cabeça. Ergueu o queixo e olhou bem nos olhos de Stefano, como se o estivesse desafiando. Inclinei o corpo para a frente, a umidade do meu maiô estava passando para a almofada e eu temia que isso causasse uma mancha. Será que água do mar manchava? Maria e Stefano continuavam sem me notar e por um momento me arrependi de não ter escolhido uma cadeira mais próxima deles.

Agora Stefano estava falando num tom de voz baixo e urgente. Maria ouvia num silêncio emburrado, evitando olhá-lo. Stefano não devia estar se metendo a passar sermão em Maria daquele jeito; eu não conseguia entendê-lo, mas reconhecia muito bem o tom autoritário, sua condescendência despercebida. Embora Maria estivesse ouvindo sem interromper, sua expressão permanecia emburrada; ela torcia a boca, fazendo caretas, e continuava evitando olhá-lo.

O que quer que ele dizia não a estava agradando nem um pouco. O rosto dela se retorcia, indo de uma careta a outra, passando por uma gama extraordinária de expressões, todas elas contrariadas. Ela já não parecia atraente, seus olhos estavam vermelhos, as pálpebras inchadas de tanto chorar, o que só fazia suas feições ficarem ainda mais brutas. Eu não tinha como saber se Stefano havia notado, mas isso parecia ser a coisa mais distante dos seus pensamentos naquele momento, talvez ele fosse incapaz de perceber a alteração. Olhava para ela com adoração, embora estivesse tentando ser severo — ou, pelo menos, assim me parecia.

Stefano continuou falando, como se temesse perdê-la definitivamente se parasse por um instante que fosse. Volta e meia fazia gestos com as mãos para dar mais ênfase ao que dizia, inclinava-se na direção dela como quem implora. Maria não respondia. Mesmo que conseguisse convencê-la — fiquei especulando sobre quais poderiam ser os pontos da argumentação dele; podia ter a ver com Christopher (ele era uma perda de tempo, um sujeito traiçoeiro e inútil, do que eu não poderia discordar) ou podia ter a ver com outra coisa completamente diferente, mas pouco importava; eu tinha certeza de que o verdadeiro objetivo de todo aquele discurso era convencê-la de que ela devia amá-lo, como ele a amava — e ele não ia vencer, não daquele jeito.

Como se percebesse isso, Stefano recuou, exasperado, com o rosto turvo, fez um gesto breve, mas claro e até violento de raiva. A raiva não era necessariamente dirigida a Maria, mas era raiva mesmo assim, dirigida talvez a Christopher, talvez à situação ou talvez a si mesmo. De seu camarote atrás do balcão, Kostas ergueu o olhar para me encarar. Encontrei seu olhar por um momento, depois desviei os olhos.

De repente, Maria soltou um grito, um som sem palavras.

Tanto Kostas — que estava olhando para mim — como eu nos viramos para olhá-la. Ela estava parada com os braços rígidos e os olhos fixos no rosto de Stefano. Seu próprio rosto, pálido e sem expressão, estava assustador. Normalmente, seu rosto era expressivo demais, mostrava coisas mesmo que ela não quisesse, mesmo quando não havia nada realmente a expressar. Agora, embora continuasse cheio e redondo, era como se ele tivesse sido drenado, as feições haviam se encovado. Stefano tinha virado de costas, continuava dizendo alguma coisa, resmungando consigo mesmo, mas não a olhava mais. Deu um passo em direção à porta e depois parou, não era fácil deixá-la.

Então, Maria falou, as palavras soaram ríspidas e roucas quando ela as pronunciou. Detrás do balcão, Kostas soltou um longo assobio. O rosto de Stefano — ele continuava virado de costas para Maria — foi adquirindo lentamente um tom intenso e colérico de vermelho. Ele levantou a mão, como se fosse dar um tapa na cara de alguém parado na frente dele, mas, é claro, não havia ninguém ali, ele tinha dado as costas para Maria — e era Maria, desta vez, quem era sem dúvida o alvo de sua raiva. Stefano tremia, seu rosto ficando manchado, como se ele tivesse dificuldade de respirar.

Ela o tinha humilhado de alguma forma, e então me dei conta de que ele sabia que eu estava sentada no lobby atrás dele, era óbvio, embora não tivesse dado nenhuma indicação de ter me visto. E me dei conta também de que Maria estava igualmente ciente da minha presença, do fato de eu estar observando os dois, e de que ela havia usado isso para humilhá-lo ainda mais. Senti a minha pele formigar, eu estava novamente constrangida. A cadeira agora estava muito molhada, quando eu me levantasse ficaria uma mancha enorme. Kostas continuou a observá-los detrás do balcão, como se fosse um comentarista de um evento esportivo, com uma expressão ao mesmo tempo jovial e preocupada.

Pouco depois, Stefano pareceu recuperar o autocontrole, pelo menos em certa medida: abaixou a mão. Mas seu rosto continuava vermelho, o que indicava que ele ainda não havia dominado por completo suas emoções, seu semblante o estava denunciando. Ele era obviamente um homem capaz de cometer violência, como tantos outros. Virei a cabeça para olhar para Maria; imaginava que ela pudesse exibir algum sinal de medo, pois não era uma visão agradável — aquele homem, com suas emoções estranguladas, sua fúria mal contida, era uma visão que não se tornaria menos desagradável pelo fato de ela não amá-lo, de já sentir desprezo por ele — mas ela não parecia de forma alguma intimidada, simplesmente continuava ali parada, com os braços retesados e as mãos encostadas na lateral do corpo.

Então, ela repetiu a frase — ou, pelo menos, foi a impressão que eu tive, as palavras me soaram muito parecidas, mas agora com um tom completamente diferente; se a expressão dela não estivesse tão petrificada, sua postura tão rígida, eu poderia jurar que ela estava lhe fazendo alguma espécie de súplica. E, de fato, a postura de Stefano pareceu se descontrair, ele virou um pouco a cabeça, como se estivesse reconsiderando. Sim, ele estava começando a se virar, seu rosto estava esperançoso, ele era realmente um escravo dela, eu nunca tinha visto um homem tão enfeitiçado por uma mulher, e com tão pouco esforço da parte dela.

Enquanto o observava, ela franziu o cenho por um instante; era um dos dilemas que uma mulher às vezes enfrenta, não só uma mulher, mas qualquer pessoa: ela cativa um homem sem fazer esforço, um homem que não deseja, que a segue por todo lado feito um cachorrinho, por mais que seja enxotado ou maltratado, enquanto todos os esforços que ela faz para atrair e fisgar outro homem, aquele que ela de fato deseja, não dão em nada. O charme não é universal, o desejo frequentemente não é correspondido e acaba se acumulando e formando poças nos lugares errados, tornando-se tóxico aos poucos.

A careta de Maria parecia cada vez mais autorreflexiva, um esgar dirigido não mais a Stefano, mas a si mesma; ela obviamente tinha consciência da ironia da situação. Não me parecia que nem a situação nem as respectivas posições dos dois tivessem mudado, a expressão dela não dava muita margem para esperança. Mesmo assim, Stefano estendeu os braços e a abraçou, usando as duas mãos para puxar o corpo dela para junto do seu. Embora não tenha parecido relaxar sua postura, Maria também não se afastou. O resultado foi um abraço incapaz de satisfazer Stefano, não foi dado de má vontade, mas certamente não tinha nada de sexual ou romântico, ela estava apenas tolerando o carinho dele.

No entanto, estava claro para mim que, embora não o amasse, Maria não queria dispensá-lo. Queria manter aquilo — o que quer que estivesse se passando entre os dois — em suspenso, como uma segunda opção; toda mulher precisa de um plano B, pelo menos toda mulher sensata precisa. Ela não era nenhuma boba; era, como Stefano tinha dito, uma mulher prática, e, embora estivesse rígida feito um cadáver nos braços dele, não o rejeitou de forma definitiva, estava tudo aberto a interpretações. Enquanto permanecia ali parada, ela poderia até estar cogitando um futuro com aquele homem. Por um lado, havia segurança e amor, a possibilidade de ter filhos; por outro, havia as demandas do desejo dele, que teriam que ser satisfeitas. A situação só iria ficar mais sufocante com o tempo — o tempo de uma vida inteira, evitando ou rechaçando o carinho dele. Não havia dúvida de que ele a faria pagar por aquele desdém, pelos homens que ela teria preferido amar.

O desprezo que ela sentia pelo homem que a segurava nos braços! E, no entanto, devia haver muitas mulheres que ficariam exultantes com o amor do motorista; ele era bonito, tinha seu charme e era evidentemente capaz de ser leal. Havia, claro, o problema do temperamento dele, mas as mulheres podem ser surpreendentemente compreensivas, além de otimistas; uma delas poderia viver na esperança de que a raiva dele arrefecesse, em especial quando ele sentisse que o seu amor é correspondido; não era impossível. Sim, teria sido melhor se ela o dispensasse, se dissesse a ele que nunca o amaria, que os dois não tinham futuro algum juntos. Mas eu vi, estava claro, que ela não tinha nenhuma intenção de fazer isso. Enquanto eu os assistia, ela levantou um braço lentamente e passou a mão nas costas dele, uma espécie de afago. O gesto era uma mentira, insincero de todo; de onde estava, eu podia ver o rosto dela, e a incompatibilidade entre a expressão rígida do seu rosto e o movimento suave e íntimo dos seus dedos era perturbadora, como se a mão dela tivesse vida própria, coisa de filme de terror. Stefano, porém, que não tinha como ver o que eu estava vendo, tomou o gesto por seu valor nominal e seu efeito foi instantâneo: o rosto dele se iluminou de esperança. Ele ergueu uma das mãos como se fosse acariciar o cabelo de Maria, mas depois hesitou, não queria abusar da sorte. Maria se desvencilhou imediatamente, já chega disso, sua postura parecia dizer.

Claro, Stefano ficou decepcionado, mas continuou contente, a situação era melhor do que ele imaginava, ainda não era, até onde ele sabia, uma causa perdida. Maria parecia ainda chateada, mas pelo menos não estava chorando nem gritando e nem mesmo lhe lançando olhares de ódio, parecia simplesmente querer se livrar dele, tinha coisas a fazer, já tinha desperdiçado tempo bastante falando com ele daquele jeito. Num piscar de olhos, ela havia se transformado numa profissional competente, numa mulher ocupada, chegou até a olhar para o relógio de pulso e franzir o cenho, tinha perdido a noção do tempo, era muito mais tarde do que ela pensava.

Ela disse alguma coisa para Stefano — bruscamente, um adeus abrupto, talvez. Ele fez que sim com a cabeça e deu um passo para trás. Ela abriu a porta da sala dos funcionários, provavelmente estava na hora de começar seu turno, ela precisaria vestir o uniforme, pentear o cabelo, botar a cabeça no lugar. Mas, então, ela se virou e olhou não para Stefano, mas para mim. Seu olhar foi direto e inequívoco e teve um efeito inquietante — como se um ator que você estivesse vendo na televisão de repente se virasse para olhar para você, espectador. Fiquei desconcertada. Com frieza, ela fez um aceno com a cabeça; talvez fosse uma admissão necessária — nós duas sabíamos que ela sabia que eu havia testemunhado a cena. Achei o gesto admirável, era mais do que eu teria feito na posição dela. Sem dúvida, ela era impressionante ao seu modo.

A porta se fechou atrás dela. Eu me virei para ver aonde Stefano tinha ido; para minha surpresa, vi que ele estava andando na minha direção. Mais que depressa, peguei meu celular e comecei a mexer nele — como se estivesse escrevendo um e-mail ou lendo mensagens, um fingimento idiota e inútil, que não teria enganado ninguém. Mas eu não sabia o que mais fazer sentada naquela cadeira, esperando que ele se aproximasse, o que ele fez com uma rapidez surpreendente. Em instantes, já estava parado na minha frente, com uma expressão amigável, meio encabulada, totalmente sem graça.

Sua voz, quando ele falou, soou insegura; ele não lembrava em nada o homem enfurecido, o amante passional que eu tinha visto poucos minutos antes. Falou em inglês, e, embora tivesse um excelente domínio da língua, naturalmente não tinha a fluência que tinha em grego. Ouvindo-o falar, eu me dei conta de que uma das razões por que ele havia me parecido mais atraente, mais masculino, mesmo quando estava tentando sem sucesso conquistar Maria, era o seu domínio linguístico. Mesmo naquela situação da mais extrema vulnerabilidade, a fluência havia lhe permitido demonstrar mais firmeza do que ele demonstrava em situações que exigiam o uso do inglês.

Eu vim até aqui atrás de você, disse ele.

Olhei para ele com surpresa, eu estava prestando atenção a como e não ao que ele estava falando. Mesmo assim, o teor das suas palavras, a forma direta da sua declaração, feita num tom monocórdio e corriqueiro, era impossível de ignorar. Era obviamente mentira, ele tinha vindo ao hotel à procura de Maria, para confortá-la (ela havia ficado chateada quando soube que Christopher tinha sido visto com outra mulher) ou para confrontá-la (por que ela tinha que ficar tão chateada?). Continuei olhando para ele, confusa, sem responder, não conseguia imaginar o que ele poderia ter para me dizer nem qual poderia ser o propósito daquela mentira.

Você gostaria de jantar com a minha tia-avó hoje à noite?, ele perguntou.

Eu hesitei. Não conseguia entender, por que a tia dele iria querer me ver de novo? Como eu não respondia, Stefano continuou.

Eu posso te dar uma carona.

Ele parecia esperançoso. O convite parecia genuíno, poderia ser por pura hospitalidade — fiquei me perguntando se talvez, depois de termos passado a manhã juntos, eu teria deixado de ser uma simples cliente, e o meu interesse pelas tradições da região (tomado emprestado de Christopher) tenha acabado me sendo muito útil. Era como se ele agora se sentisse na obrigação de me ajudar na minha missão, por mais precário que tivesse sido o modo como ela foi concebida e articulada; se ele investigasse só mais um pouco, a farsa ruiria, eu não sabia nada sobre aquele assunto.

Confesso que senti um leve aperto no coração — eu teria

que recusar o convite, dizer a Stefano que não seria possível, que eu estava prestes a subir para o meu quarto para marcar a minha passagem de volta a Londres, que estava agora mesmo vendo os horários dos voos no meu celular. Não tinha razão para me sentir culpada, mas já sentia dificuldade em geral de desapontar as pessoas, mesmo, ou especialmente, as pessoas que eu não conhecia direito. Tentava evitar esse tipo de interação, mas quase sempre só conseguia adiar o que já era, desde o início, claramente inevitável — não era por isso, aliás, que eu estava ali em Gerolimenas? Não, quando você ia ter que frustrar alguém, o melhor era fazer isso o mais rápido possível.

O problema é que eu já estou indo embora, falei. Houve uma mudança de planos, eu não preciso mais ficar aqui.

Você não vai esperar o seu marido voltar?

Até onde me lembrava, eu não tinha dito a Stefano que era casada e muito menos que estava esperando o meu marido; o fato de ele saber disso não era necessariamente tão espantoso, era até presumível que todas as pessoas ligadas de alguma forma ao hotel soubessem (Maria teria lhes contado ou, se não ela, Kostas). Mas ele pareceu ficar constrangido de repente, como se as palavras tivessem escapado da sua boca por acidente; ele sabia que havia rompido um pacto, o acordo tácito que subjaz às nossas interações sociais, segundo o qual fingimos não saber coisas que de fato sabemos.

Isso se exacerbou nestes tempos que estamos vivendo, pensei enquanto via o rosto de Stefano ficar cada vez mais vermelho, a era de pesquisas no Google e de perfis em redes sociais. Quanto do nosso comportamento é regulado por informações não admitidas? Mas a internet nem sequer é necessária, a boa ou má conduta sexual em geral já basta. Uma amiga uma vez me contou a história de um encontro que ela teve com um homem no qual estava interessada, um músico. Ela disse a ele sem rodeios que o achava sexualmente muito atraente. Tinham combinado de se encontrar para jantar num restaurante local que ela não conhecia. Ambos moravam numa área badalada do oeste londrino, uma região minuciosamente documentada em revistas, jornais e blogs, e era um feito nada desprezível sugerir um restaurante do qual ela ainda não tinha ouvido falar. Ela ficou angustiada tentando resolver o que vestir; o costumeiro quebra-cabeça de escolher uma roupa para usar no primeiro encontro — uma questão de se apresentar como alguém desejável, mas também de quanto empenho você vai optar por revelar — foi amplificado pelo fato de ela não saber como era o restaurante, se era um ambiente descontraído ou mais formal, o tipo de lugar onde se espera que os homens usem paletó.

Passado um tempo, ela acabou resolvendo procurar o restaurante na internet. Lá, ficou sabendo que o lugar era *um favorito entre os moradores locais naquela vizinhança badalada* com um *cardápio espetacular* e um *ambiente aconchegante e romântico*. Isso só fez aumentar a sua angústia — como é que ela não conhecia aquele restaurante? O que significava o fato de ela não conhecer aquele lugar e ele sim? Provavelmente nada, foi o que ela disse quando me telefonou, nervosa, para descrever a roupa que estava pensando em usar, seu vestido verde e botas pretas de cano curto.

Como não consegui me lembrar de imediato nem do vestido nem das botas, eu falei para ela me enviar uma foto, o que ela fez em seguida. Ela tinha tirado a foto no espelho de corpo inteiro do seu banheiro e estava com uma das mãos na cintura, numa pose quase sedutora, mas havia se enquadrado apenas do pescoço, ou melhor, da ponta do queixo para baixo, de forma que o seu rosto não estava visível. Eu não entendi por que ela tinha tirado a foto daquele jeito, o efeito era um pouco sinistro, mas achei que a roupa tinha ficado bem nela e enviei uma mensagem aprovando a escolha. Divirta-se, acho que acrescentei, embora devesse ter desconfiado, quando ela me enviou aquela foto auto-decapitada, que era pouco provável que as coisas corressem bem.

O restaurante era pequeno, com apenas cerca de dez mesas. Quando chegou, ela viu que o lugar era de muitas maneiras ideal para um primeiro encontro, com paredes pintadas de um tom escuro, velas e ramalhetes de flores do campo em cima das mesas, os pratos do dia escritos com giz num quadro, nada de pretensioso nem de espalhafatoso. Ela não conseguia acreditar que nunca tinha estado ali antes; se o encontro não desse em nada, pensou, pelo menos teria servido para descobrir um restaurante novo.

No entanto, o encontro acabou correndo muito bem, tão bem que, ao sair do restaurante, eles decidiram caminhar um pouco, para aproveitar o fato de o tempo estar surpreendentemente ameno naquela noite. Foram então andando sem destino, ainda estava relativamente claro do lado de fora e ambos moravam na vizinhança. Mas, conforme continuaram caminhando, subindo a Portobello Road até chegar à Golborne Road, ela começou a ficar nervosa de novo, estava ficando tarde, já havia escurecido e, embora ele a tivesse segurado pelo braço quando quis que eles atravessassem a rua, não tinha havido quase nenhum contato físico; talvez ele não estivesse tão interessado nela, afinal.

Ela estava quase perdendo as esperanças quando ele parou de repente e disse, indicando uma pequena casa, numa fileira de outras de mesmo estilo, em frente à qual eles pararam: É aqui que eu moro. Ela parou também, quase nervosa demais para conseguir falar. Ele continuou: Quer entrar para tomar um café? Ela imediatamente começou a se perguntar por que ele não a tinha convidado para tomar um drinque; já passava das onze da noite, oferecer um café àquela hora era estranho e até um pouco ambíguo, ao passo que um drinque seria óbvio, todo mundo sabe o que um homem ou uma mulher quer dizer quando pergunta *Quer entrar para tomar um drinque?*.

Como ela não respondeu, ele sorriu e repetiu a pergunta: Quer entrar para tomar um café? Desta vez, ele se inclinou na direção dela enquanto falava e sorriu — ela achou — de um jeito provocador, de modo que ela concluiu que não havia mais ambiguidade nenhuma, um café ou um drinque, que diferença fazia, e respondeu abruptamente: Eu não posso, estou menstruada.

Ela ficou atônita ao ouvir aquelas palavras saírem da sua boca, lembrou que tinha pensado, antes de sair de casa, que, embora não fosse ideal estar naquele estado, pelo menos isso significava que ela não iria para a cama com o sujeito logo de cara e, portanto, não iria estragar tudo. Mas em seguida ele deu um passo atrás, com uma expressão entre achar graça e sentir repulsa, como se dissesse: Mas eu só perguntei se você queria tomar um café, não perguntei sobre o estado do seu útero, a acessibilidade da sua passagem vaginal. Na verdade, ele só disse três palavras: Boa noite, então, antes de polidamente lhe dar dois beijinhos — enquanto ela se inclinava, como que anestesiada, para receber o seu abraço formal e distante — e desaparecer para dentro de casa, deixando a porta se trancar com um estalo atrás de si.

Ela não se surpreendeu quando ele não voltou a ligar. O que mais lamentava, ela me disse depois de relatar a história, era que nunca mais iria poder voltar àquele restaurante maravilhoso, a apenas dez minutos de distância a pé da casa dela. Mas e quanto ao cara, o músico atraente? Ela não poderia ligar para ele e fazer alguma piada com o que tinha acontecido? Afinal, eles estavam se entendendo bem, ele a tinha convidado para entrar na casa dele, eles gostaram um do outro. Só o que ela tinha feito fora se referir abertamente a algo que ambos sabiam que estava em jogo, o que mais um convite como aquele, àquela hora, sugeria, senão que eles poderiam vir a transar? Ela balançou a cabeça com veemência: Não, nunca. Só de pensar na possibilidade ela já ficava nauseada. E, além do mais, acrescentou, ela já não estava mais a fim dele. A coisa toda era impossível.

Stefano continuava parado na minha frente. Tendo desfeito a farsa de que ele não sabia o que eu sabia que ele sabia, ele no entanto se recuperou rapidamente. Seu jeito — que agora parecia dizer: Vamos parar com esse fingimento, eu sei que você sabe que eu sei, ou algo parecido com isso — me impedia de contestar ou mesmo reagir a essa transgressão. Eu me dei conta, com atraso, de que Stefano devia saber o tempo todo que a minha pretensa pesquisa não era nada daquele tipo, mas apenas uma desculpa muito esfarrapada. Devia saber desde o início que eu viera para Mani à procura de Christopher.

Talvez ele tivesse levado Christopher a algum lugar e desconfiado do nosso parentesco assim que eu me sentei no banco de trás do carro dele. Ou talvez Maria tivesse contado a Stefano, embora ela não soubesse de tudo a respeito de Christopher, não sabia, por exemplo, que o marido ausente estava prestes a se tornar ex-marido. Será que ela teria ficado aliviada se tivesse tomado conhecimento disso? Será que saber que eu tinha vindo para Gerolimenas com o objetivo de pedir o divórcio, que eu estava deixando aquele homem, essencialmente um mulherengo, livre e desimpedido teria feito com que ela se enchesse de esperança? Será que isso a teria levado a imaginar um futuro, um casamento, uma vida em comum com Christopher? Imaginar, afinal, não custa nada, viver é que é a parte mais difícil.

Percebi que Stefano estava apreensivo, não mais com o fato de ter dado com a língua nos dentes, mas com a notícia da minha partida, que era, afinal, o que o havia levado a cometer aquela pequena indiscrição, era o verdadeiro assunto em pauta ali. A notícia parecia lhe causar desânimo, talvez o fato de eu existir — uma esposa não é algo insignificante e eu nem mesmo estava no abstrato, eu era uma presença material no hotel, mal havia saído de lá durante aqueles três dias e o fato de eu estar ali devia ser uma fonte de constante consternação para Maria — tivesse tornado o argumento dele mais convincente, afinal, era absurdo ansiar por um homem que não só a havia abandonado, mas que estava, ao que tudo indicava, sendo perseguido pela própria esposa.

Será que Maria ficaria mais esperançosa, será que interpretaria a minha partida como um indício de que eu estava cedendo terreno? Embora fosse possível que eu não estivesse cedendo terreno para ela no final das contas, poderia facilmente estar cedendo para a mulher do cabo Tênaro ou para a mulher seguinte, sempre haveria uma próxima, ainda mais em se tratando de um homem como Christopher. Seria por isso que Stefano estava tão aflito para que eu ficasse? Isso, claro, supondo que Christopher estivesse mesmo na raiz do desentendimento dos dois. Stefano continuou: Mas você não deve ir embora, ainda há muita coisa para ver na área, eu posso mostrar a você, há muitas atrações de fácil acesso, e agora, na baixa temporada, é a melhor época para conhecer esses lugares, não tem tanto turista.

Senti um pouco de pena — ele estava tão desesperado, parecia saber que seus poderes de persuasão, naquela situação, eram ainda mais limitados do que na argumentação com Maria, havia algo de absurdo na sua tentativa de convencer a mim, praticamente uma estranha, a prolongar a minha estadia, ele próprio sabia, tinha consciência de que suas palavras não tinham força. Ele terminou de falar e ficou parado em silêncio na minha frente.

Sinto muito, falei, e a minha voz saiu mais brusca do que eu gostaria, mas não tem jeito, preciso voltar para Londres. Eu bem que queria ficar, acrescentei, como se isso pudesse suavizar o golpe, mas Stefano já estava se afastando, tinha se virado e começado a andar em direção à porta da frente do hotel, retirando-se sem parar para se despedir. Fiquei atônita. Ergui o olhar e vi que Kostas estava — é claro — observando, que ele tinha acompanhado o diálogo inteiro. Ele deu de ombros e gritou para mim do outro lado do lobby: Esquece. Ele não está tendo um bom dia.

6.

Naquela noite, a que era para ser a minha última noite em Gerolimenas, eu jantei com Maria. Aconteceu de forma bastante natural, embora seja difícil imaginar uma situação mais constrangedora — a esposa e a amante, sentadas frente a frente em lados opostos de uma mesa, conversando. O constrangimento foi ampliado pelo fato de ela ainda estar trabalhando, ainda estar de uniforme. Antes de se sentar, ela disse que o seu turno só iria terminar dali a meia hora e que os funcionários não podiam, em circunstância nenhuma, confraternizar com hóspedes.

Suas palavras tinham o tom de um anúncio formal e por um momento ela apenas ficou parada na minha frente. Não havia acabado bem, a última vez em que ela tinha confraternizado com um hóspede do hotel — nenhuma de nós disse isso, mas foi como se ambas tivéssemos pensado a mesma coisa ao mesmo tempo. Ela franziu a testa e ficou imóvel, olhando fixamente para a mesa, com uma das mãos apoiada no encosto da cadeira. Tinha perguntado se podia se juntar a mim, mas agora parecia mudar de ideia. Não mudou e, por fim, puxou a cadeira e se sentou.

Esperei que ela dissesse alguma coisa. Devia ter algo a me dizer — por que mais teria pedido para se sentar comigo?, tinha feito aquilo de uma maneira deliberada, como se viesse cogitando tomar aquela atitude fazia algum tempo, algumas horas, se não dias, talvez pretendesse me repreender por eu ter ficado escutando a conversa dela com Stefano — mas simplesmente ficou sentada na beira da cadeira e olhou em volta; parecia nervosa, talvez receasse que Kostas ou alguma outra pessoa aparecesse e lhe perguntasse o que ela pensava que estava fazendo. Os garçons pareciam não notar a presença dela, como se ver uma funcionária se sentando para jantar com uma hóspede fosse algo bizarro demais para admitir que estava acontecendo.

Perguntei se ela queria tomar uma taça de vinho. Ela deu a impressão de que ia recusar, mas depois deu de ombros e concordou. Uma taça de vinho cairia bem. Fiz sinal para o garçom, que veio até a mesa na mesma hora. Ele parou na minha frente sem olhar para Maria, embora eles fossem colegas e certamente se conhecessem.

Pedi uma segunda taça de vinho e depois perguntei a Maria se ela já tinha jantado, imaginando que não, era uma da tarde quando eu a vi no lobby com Stefano e agora passava das oito. Ela fez que não e eu pedi ao garçom que pusesse mais um lugar na mesa, o que ele fez, embora não tenha trazido um segundo cardápio. Pacientemente, eu pedi a ele que trouxesse outro cardápio, mas Maria disse que não era preciso, ela já sabia o que queria.

Então, ela fez o seu pedido com minúcia, em grego, obviamente familiarizada com o cardápio. Enquanto falava, o garçom a ouvia impassível, com as mãos entrelaçadas na frente do corpo. Não fez nenhum dos pequenos movimentos e gestos que os garções costumam fazer para mostrar que estão prestando atenção — a cabeça inclinada com cuidado, os típicos murmúrios de incentivo, como *perfeito* ou *excelente escolha*, os leves acenos com a cabeça de vez em quando, todos os quais ele havia empregado em profusão ao me atender antes. Também não tomou nota do pedido de Maria. Em vez disso, limitou-se a encará-la, mantendo as mãos entrelaçadas na frente do corpo, evidentemente indignado com a petulância dela. Mesmo com a minha limitada compreensão, dava para perceber que ela estava falando com o garçom como se ele estivesse ali para servi-la, não como se ele fosse um colega que por acaso estava temporariamente na posição de quem iria servi-la. Ele não disse nada, nem mesmo quando ela se calou, e então ela falou alguma coisa num tom ríspido, ainda em grego. Ele se virou para mim sem dizer nada em resposta e perguntou em inglês se eu tinha decidido o que iria querer.

Pedi uma salada e uma massa, não era uma escolha das mais inspiradas, a massa não era nada de fantástico ali, mas eu estava cansada de carnes grelhadas e queijos; a pesada culinária grega — até mesmo na versão relativamente cosmopolita servida no restaurante do hotel — não era muito do meu agrado. O garçom fez um aceno positivo com a cabeça e disse que logo voltaria com o vinho. Sorriu quando pegou o cardápio da minha mão e se retirou sem olhar para Maria; a indelicadeza dele com ela foi tão patente que fiquei me perguntando se haveria alguma coisa por trás daquilo, alguma história de animosidade entre os dois, já que até então ele havia me parecido um homem totalmente inofensivo.

Assim que o garçom saiu, ficamos em silêncio, não havia nada de óbvio a dizer, agora que a questão da escolha dos nossos pratos já tinha sido resolvida. Fiz várias tentativas de puxar conversa, admito que com assuntos banais. Mas Maria parecia não ter nenhuma intenção de ir direto ao ponto e dizer de uma vez por que havia pedido para se sentar à minha mesa, talvez tivesse sido um erro convidá-la para jantar comigo — talvez ela não tivesse assunto suficiente para preencher o tempo de uma refeição inteira e pretendesse manter um silêncio sepulcral até que o último prato fosse servido, quando então ela enfim desembucharia o que tinha a dizer.

O garçom trouxe o vinho. Depois de mais um longo silêncio, decidi abordar o assunto, estava convencida agora de que ela havia se sentado ali não por causa do incidente daquela tarde, mas porque tinha algo a me dizer a respeito de Christopher — talvez precisasse de dinheiro, talvez estivesse grávida, talvez quisesse que eu abrisse mão dos meus direitos sobre o homem, argumentando que eles estavam apaixonados um pelo outro e que eu era o único impedimento, foram as hipóteses que me passaram pela cabeça — e, se esse fosse o caso, eu lhe diria que eu não era nem uma parte interessada e nem tinha nada a ver com o problema, pois pretendia pedir o divórcio a Christopher assim que possível, assim que ele voltasse.

Perguntei a Maria quanto tempo fazia que ela conhecia Christopher, como a coisa havia acontecido — a escolha de palavras foi um pouco cruel, eu não queria me referir ao que quer que tivesse acontecido como *a coisa*, mas não sabia que outra palavra usar. Não sabia se tinha sido algo tão formal quanto um caso (o que parecia improvável, dada a relativa brevidade da estadia de Christopher, que estava lá, pelos meus cálculos, havia menos de um mês), não sabia nem se algo de concreto havia acontecido — com isso quero dizer algo de material, de físico, poderia ter sido apenas esperança e insinuação.

Maria, no entanto, se encrespou na mesma hora, olhou para mim como se eu estivesse debochando dela sem motivo, e imagino que para ela pudesse mesmo parecer deboche. Afinal, eu era a esposa, parecia ter todas as cartas na mão ou pelo menos boa parte delas, apesar de no momento não estar conseguindo localizar o meu marido, tendo viajado até aquele lugar remoto na esperança de encontrá-lo. Por mais que ele pudesse ter me traído (e, a julgar pelas aparências e pelas informações que ela tinha, eu devia mesmo estar numa posição muito triste), por mais frágil que pudesse ser a realidade que o título representava, esse título e essa posição ainda tinham seu poder simbólico.

Pensei que ela não fosse responder e estava prestes a fazer sinal para o garçom para pedir outra taça de vinho, ao que parecia seria uma refeição muito longa, quando ela relaxou um pouco, como se tivesse se lembrado de que fora ela mesma quem criara aquela situação ao pedir para se sentar à minha mesa, e murmurou algo sobre ter conhecido Christopher logo no primeiro dia, assim que ele chegou. Falou numa voz muito baixa, inaudível praticamente, quase lhe pedi que falasse mais alto, um pedido que poderia ser mal recebido, mas, por sorte, ela pareceu se dar conta de que eu não tinha conseguido ouvi-la. Erguendo o olhar, ela me encarou e repetiu: Eu o conheci no dia em que ele chegou, eu estava trabalhando na recepção.

Ela disse isso como se achasse que o tempo lhe dava um direito um pouco maior sobre Christopher, umas três semanas mais ou menos, toda a extensão da estadia dele em Mani. Comparado ao tempo que ele havia passado com quem quer que fosse a mulher que fora vista com ele no cabo Tênaro, era quase uma eternidade. Sentada diante dela do outro lado da mesa, senti vontade de lhe dizer que, mesmo assim, aquilo não era nada comparado a cinco anos de casamento e três anos de namoro antes disso, que por sua vez não era nada comparado a uma década, a duas décadas, a toda uma vida que podia ser passada na companhia de outra pessoa.

Volta e meia, no decorrer do nosso casamento, Christopher

e eu tínhamos visto ou passado algum tempo com casais idosos, de setenta ou oitenta anos, casais que estiveram toda a vida adulta juntos, e nos perguntávamos vagamente se o nosso casamento iria durar tanto. Nos últimos tempos, já sabíamos que não. Mais que isso, sabíamos que, mesmo se viéssemos a nos apaixonar de novo por outras pessoas, era improvável que chegássemos a fazer um aniversário de cinquenta anos de casamento com essa nova pessoa, a nossa expectativa de vida pesava contra isso, já havíamos fracassado nesse aspecto.

Por um momento, sentada diante daquela mulher estranha, eu tive a sensação de que esse fracasso mútuo era como um elo que restava entre mim e Christopher, apesar da ausência dele e da imensa distância entre nós, no fim nós havíamos vivenciado a nossa mortalidade juntos. Talvez por eu não ter respondido, Maria continuou: Ele foi muito simpático, muito gentil, a maioria dos hóspedes do hotel trata os funcionários como lixo ou, pior ainda, como nada, como se você não existisse ou fosse invisível. Ele chegou sozinho, ela acrescentou, como que para se defender, embora eu não tivesse dito nada, ele chegou sozinho e, quando eu perguntei quantas pessoas iam ficar hospedadas, ele fez questão de dizer que era só ele, que ele estava sozinho.

Claro que ele disse isso. Mas, por outro lado, o que garante que isso não era uma questão de interpretação? Talvez ele estivesse apenas jogando conversa fora, ou talvez estivesse sendo prático (se estava sozinho, ele só iria precisar de uma chave, de um lugar à mesa, por exemplo). Mas me pareceu cruel levantar esse ponto e eu conseguia ver a cena com bastante clareza. Christopher sempre soube fazer entradas triunfais, eram as suas saídas que precisavam ser mais trabalhadas. Fiquei me perguntando quanto tempo ele teria levado para conseguir convencer a mulher a ir para o quarto com ele, se tinha sido um trabalho de dias e não de semanas, de horas e não dias, qual seria o grau de eficiência dele agora nessas questões. No meu caso, ele tinha levado, eu me lembrava, exatamente uma semana.

O garçom trouxe as nossas entradas, a minha era uma pequena salada provençal salpicada com raspas muito pálidas de cenoura, os legumes e verduras sem dúvida trazidos de avião de algum lugar distante e depois transportados em caminhão. Não havia nada de nativo no meu prato e fiquei deprimida só de olhar para ele, para aqueles legumes e verduras na aridez de uma terra que só dava azeitona e figo-da-barbária. A culpa era toda minha por tê-lo escolhido.

Enquanto isso, Maria começava a atacar com calma um extravagante prato de lagosta que era descrito no cardápio com o que me pareceu uma prosa desnecessariamente rebuscada, várias linhas de texto pelo menos, todas elas redigidas com a intenção de justificar o preço bastante salgado que acompanhava o prato, um dos mais caros do cardápio. Maria estava comendo com enorme satisfação; ao contrário da minha salada, o prato dela parecia delicioso, a carne suculenta e lustrosa, uma pinça de lagosta, parcialmente descarnada, elevando-se em meio à pilha de carne e manteiga feito um punho erguido.

Era difícil tirar os olhos daquela mulher, que comia seu prato caro com um prazer tão deliberado. Talvez ela tivesse todo o direito a esse pequeno luxo; eu podia ser a pessoa que ia pagar a conta, mas se Christopher havia feito mal a ela de alguma forma — e como ele poderia não ter feito? — não era justo que eu, como esposa dele, pagasse uma recompensa? Esperei que ela voltasse a falar, imaginando se ela teria se sentado naquele restaurante, talvez àquela mesma mesa, com Christopher. Ela poderia ter pedido aquele mesmo prato de lagosta como entrada, Christopher teria aberto o apetite dela, atiçado o seu desejo de satisfação carnal, encorajando-a a ser expansiva.

Quando uma mulher começa a se comportar de um jeito

alheio a si mesma, quando começa a agir de uma maneira fora do comum, coisas improváveis se tornam possíveis, e isso é metade da tarefa de sedução. Talvez agora, enquanto chupava a carne da pinça de lagosta, lambuzando o queixo de manteiga, ela estivesse revivendo sua própria sedução, para a qual a minha presença era apenas um complemento. Como se suas emoções tivessem sido abrandadas pela comida suculenta, ela começou a falar de Christopher, sem raiva, de um jeito quase sonhador. Eu o achei muito bonito, disse ela, os homens daqui não se parecem com ele. O jeito dele também era completamente diferente, ele estava sempre rindo, a maior parte do tempo eu nem sabia do quê, mas não havia nada de maldoso no riso dele, eu nunca tive a sensação de que ele estivesse rindo de mim.

Todas as mulheres do hotel ficaram atraídas por ele de imediato, ela continuou, assim que ele chegou, todas começaram a comentar como ele era bonito, como ele era sexy — isso era constrangedor e eu desviei os olhos, era como se uma amiga minha tivesse chamado o meu próprio pai de sexy; a palavra soara ingênua na sua boca, infantil a ponto de parecer totalmente divorciada do ato sexual em si — todo mundo notou que ele tinha vindo sozinho, pouquíssimos homens vêm aqui para o hotel sozinhos, e eles nunca são tão jovens e bonitos como ele.

Ela baixou os olhos com timidez para o seu prato, onde contemplaram a ruína da lagosta. Ela tinha devorado tudo. Eu nunca imaginei que ele fosse me notar, ela continuou, entre todas as mulheres que trabalham no hotel. Eu não tinha visto tantas funcionárias assim no hotel, do modo como ela falou dava a impressão de que havia verdadeiras hordas delas, todas vencidas por ela, mas de qualquer forma entendi o que ela queria dizer, entendi que Christopher era um troféu. Mas, ela continuou, ele se interessou, passava toda hora pela recepção, sempre que eu estava trabalhando ele vinha e conversava comigo, era obviamente um homem ocupado, mas parecia ter muito tempo para conversar comigo. O Christopher sempre sabe como arranjar tempo para as coisas que lhe interessam.

Tentei soar neutra, queria manter minha amargura fora da conversa, mas ela mal pareceu notar que eu havia dito alguma coisa, continuou falando praticamente sem pausa. E ele era tão interessante, eu posso jurar com a mão no coração — desta vez ela fez uma pausa para levar a mão ao peito latejante de emoção, um gesto que, pensei, Christopher teria achado enternecedor, talvez até encantador, por mais canhestro que pudesse parecer — que eu nunca tinha conhecido um homem tão inteligente na minha vida. Isso não era nada surpreendente, o parâmetro de comparação não parecia estar num patamar particularmente elevado; por mais méritos que tivesse, Stefano não era uma potência intelectual.

Mas isso era maldade. Depois que o garçom levou os nossos pratos — o meu ainda com boa parte da salada, o de Maria completamente vazio —, ela continuou. Ele sabia muitas coisas, mas falava sobre elas de um jeito que não fazia com que você se sentisse mal ou inferior, ele não era o tipo arrogante, mesmo sendo tão privilegiado. Nesse momento, ela parou para olhar para mim, como se dissesse que eu, por outro lado, era uma privilegiada empedernida. Com desalento, concordei com a cabeça e pedi ao garçom mais uma taça de vinho para cada uma de nós — ela tinha feito que sim de um jeito apressado, quase indelicado, quando perguntei se ela queria mais vinho. Depois de alguns instantes, ela acrescentou: O Christopher é um cavalheiro, eu percebi imediatamente.

Certo, eu disse. Sim, imagino que você tenha razão.

Eu quase ri, era absurdo, para ela ele era irreal como um príncipe de conto de fadas, um herói de romance, a despeito de ele tê-la tratado mal. De qualquer forma, enquanto ela continuava a falar, fiquei pensando que ela devia acalentar a esperança de que ele assumisse a responsabilidade pelo que tinha feito, e me limitei a ouvir e esperar que ela chegasse ao ponto, à razão por que havia pedido para se sentar ali afinal. Mas isso parecia lhe escapar, e, enquanto ela continuava falando das virtudes de Christopher, do seu jeito agradável, da sua gentileza, sem entrar em detalhes sobre o que de fato havia acontecido entre eles, me ocorreu de novo que talvez nada tivesse acontecido, que ela simplesmente tivesse se apaixonado por ele, as pequenas e um tanto vagas atenções de que ele a cercou tendo sido suficientes para isso.

Ela era mais nova do que eu achei a princípio, talvez não tivesse mais que dezenove ou vinte anos, uma criança ainda, com a audácia de uma criança. O garçom trouxe os nossos pratos principais, ela havia pedido o filé, o prato mais caro do cardápio — imagino que ela tenha pensado que, já que eu a havia convidado para jantar comigo, ela devia tirar o máximo de proveito disso.

Quantos anos você tem? perguntei de repente.

Vinte. Eu fiz aniversário em agosto.

Ela disse isso com certo orgulho, talvez porque vinte anos fossem um marco, você não era mais adolescente depois que atingia essa idade. Ou talvez o orgulho viesse do fato de ela ser bem mais nova do que eu, ela devia ter consciência do valor que isso tinha.

E Christopher tinha mais que o dobro da idade dela. Claro que as meninas de vinte anos não ligam muito para idade, uma mulher de trinta pensaria duas vezes antes de embarcar num caso com um homem mais de duas décadas mais velho, considerando que o caso pudesse avançar para algo mais sério — e a probabilidade de uma mulher querer que um caso se transforme em algo mais sério cresce exponencialmente à medida que ela envelhece — quando então uma diferença de duas décadas se tornaria crítica, ninguém quer se casar com um homem que em breve vai estar às portas da morte. Mas a morte ainda é algo abstrato aos vinte anos. A diferença de idade não teria significado nenhum para Maria — é por isso, provavelmente, que os homens se sentem atraídos por mulheres bem mais jovens do que eles. Elas fazem com que eles se sintam jovens não por causa de seus próprios corpos jovens, mas porque são incapazes de perceber o significado da carne envelhecida de seus amantes. O corpo de um homem de quarenta ou até de cinquenta anos nem sempre é tão dramaticamente diferente do corpo de um homem de vinte e cinco — graças às proezas da dieta e dos personal trainers —, mas, mesmo assim, as diferenças existem, só que uma mulher precisa ter certa idade para entender o verdadeiro significado delas.

E eu achava que Maria era jovem demais para entender isso. Ela mastigou um pedaço do seu filé e depois, quase com relutância, começou a me fazer perguntas sobre Christopher. Eu me dei conta de que tinha sido para isso que ela havia se sentado ali: para me fazer perguntas sobre o meu marido, para saber mais sobre o homem que havia capturado tanto o seu afeto como a sua esperança. Mas percebi também que isso era difícil para ela, pois assim ela me botava no lugar de esposa, qualquer coisa que eu dissesse, até mesmo o fato de eu poder dizer alguma coisa, tinha o potencial de diminuir o valor da experiência que ela tivera com Christopher, algo que ela claramente queria proteger.

Por outro lado, ela precisava falar sobre ele — por exemplo, tinha um desejo imenso de dizer o nome dele, percebi que isso lhe causava um frisson, apenas pronunciar aquelas três sílabas, *Chris-to-pher*, o que ela fazia a toda hora, um sinal de que estava realmente apaixonada, a paixão faz com que uma coisa boba como dizer o nome da pessoa amada já seja uma emoção. Também tinha sido assim comigo um dia, eu vivia mencionando Christopher em conversas, discorrendo sobre os pontos de vista dele, seus pequenos gestos e opiniões (que na época eu considerava muito originais; eu era uma idiota), devia ser muito tedioso para as pessoas à minha volta.

E agora não era diferente com Maria. Fora apenas o seu desejo de obter mais informações — de Christopher, imagino — que a havia levado a me procurar, ela queria saber tudo sobre ele, nenhum detalhe poderia ser desinteressante demais, mesmo que a fonte da qual ela estava adquirindo essas informações fosse inerentemente problemática. Ela estava disposta a pagar o preço por essas informações. Mas, ao mesmo tempo, o seu desejo era frágil e específico demais, ela não queria saber de nada que pudesse destruir a fantasia que ela havia criado em sua cabeça. Começou a fazer perguntas, perguntas muito básicas, onde Christopher havia crescido, se tinha irmãos, se gostava de animais, de cachorros, por exemplo, ele gostava de cachorros? Ele estava sempre carregando livros, ele de fato gostava tanto assim de ler?

Suas perguntas cuidadosamente excluíam a vida que ele e eu tínhamos em comum — em nenhum momento ela perguntou, por exemplo, como nos conhecemos, onde morávamos ou se tínhamos filhos, isso era uma zona morta para ela — o exercício inteiro tinha sido concebido para permitir que Maria elaborasse a imagem que ela já tinha de Christopher, de quem ela parecia não sentir raiva alguma, apesar de ele a ter magoado, de tê-la feito chorar. Fui me convencendo cada vez mais de que nada de concreto havia se passado entre os dois, ela me parecia mais uma adolescente acometida de uma paixonite aguda do que uma amante desprezada, e uma adolescente era de fato a coisa mais parecida com ela.

Mas claro que é possível ser as duas coisas. Terminamos de comer — embora tivesse falado a maior parte do tempo, muitas vezes falando por cima das respostas que eu tentava dar para as perguntas que ela parecia tão ansiosa para fazer, Maria tinha comido seu filé com uma rapidez impressionante; eu fui muito mais lenta para dar conta do meu prato de massa. As minhas respostas não foram particularmente esclarecedoras; eu relutava em dizer qualquer coisa que pudesse magoá-la, ela era uma criança, afinal. E, embora o que ela queria fossem informações sobre Christopher, quanto mais eu acatava a exigência dela, mais real se tornava o nosso casamento, mais dolorosos se tornavam os indícios da história dessa união.

A certa altura, ela interrompeu sua saraivada de perguntas para comentar, apontando com o queixo para o meu prato: As massas não são boas aqui, você devia ter pedido alguma coisa simples, eles até tentam preparar o macarrão à moda italiana, mas não é o forte deles, eles não conseguem fazer direito. Concordei com a cabeça. O comentário foi feito com tom de repreensão, o que parecia ter dado a ela um pequeno prazer; achei que não valia a pena dizer que eu imaginava que uma salada e uma massa fossem pratos bastante simples, já que ela obviamente estava certa e tinha conseguido comer muito melhor do que eu, embora, não pude deixar de notar, por um preço muito mais alto.

Levantei-me sem perguntar se ela queria café ou sobremesa. Foi infantil, mas eu fiquei ofendida com o jeito arrogante com que ela criticou meu pedido — um conselho que veio tarde demais, suas palavras teriam sido mais úteis no início, quando estávamos escolhendo nossos pratos, por exemplo. Claro que eu sabia mesmo naquela hora que o problema não eram os pratos que ela havia escolhido nem a refeição que eu teria que pagar. Isso tudo era apenas um símbolo de outra infração: quer tivesse pretendido ou não, ela havia alardeado o que era, no mínimo, um flerte entre ela e o meu marido, e havia feito isso como se eu não tivesse nenhum direito de ficar desconcertada.

Talvez do seu ponto de vista eu não tivesse mesmo esse direito; se não estava conseguindo segurar o meu marido, a culpa era toda minha, ou algo dentro dessa lógica. Ou talvez, o que era mais provável, a ideia do meu desconforto simplesmente não tivesse lhe ocorrido, ela não me parecia uma mulher particularmente bem provida de empatia e ainda era muito jovem, faltava--lhe um certo tipo de imaginação. Algo que o passar do tempo a forçaria a ter. Ela continuou sentada e, por um momento, me encarou, como se estivesse surpresa por eu não ter perguntado se ela queria sobremesa ou café. No entanto, eu estava determinada, não pretendia alimentar mais aquela mulher. Houve um breve impasse, mas depois ela cedeu e se levantou.

Enquanto atravessávamos o lobby juntas, eu perguntei, e não sei agora onde encontrei coragem para fazer uma pergunta tão direta e essencialmente mal-educada: Então, você dormiu com ele ou não?

Imagino que eu tenha perguntado porque tinha certeza de que ela ia dizer que não, não por qualquer mecanismo de defesa que a levasse a negar a verdade — pois, por mais insensível que fosse, ela me parecia uma mulher honesta, honesta até demais —, mas porque agora me parecia claro que, afinal, nada de significativo havia acontecido entre os dois. Uma vez que ela tivesse negado a acusação, eu simplesmente pediria desculpa pela pergunta; além do mais, eu era estrangeira, ou seja, era alguém capaz de falar todo tipo de grosseria maluca.

Mas ela não negou. Em vez disso, enrubesceu, seu rosto inteiro foi mudando de cor. A princípio achei que fosse por pudor, a pergunta era abrupta e nada sutil, talvez ela estivesse indignada, aquilo era mais um indício da minha personalidade instável, Christopher poderia ter se queixado disso, não era de espantar que ele estivesse fugindo da esposa histérica e irracional. Mas, por outro lado, por que Christopher iria falar de mim? Ela ainda estava vermelha quando falou, mas sua voz e seu jeito estavam muito calmos, o rubor do seu rosto era a única bandeira, a única indicação de que havia algo errado. Dormi. Claro que eu sabia que ele era casado, disse ela, seu rosto ficando cada vez mais vermelho conforme ela dizia essas palavras, que ela devia saber que eram comprometedoras. Eu vi a aliança, quando ele fez o registro na recepção.

Por um momento, fiquei atônita demais para reagir. Senti uma onda inesperada de raiva, uma raiva que não tinha um objeto claro — eu não poderia culpar aquela garota ou nem mesmo Christopher, eles tinham todo o direito de fazer o que bem entendessem. Mesmo assim, eu estava tendo dificuldade de olhar para ela; engoli em seco e desviei o olhar.

Você viu a aliança dele?

Mas era claro que Christopher tinha dormido com aquela garota, eu já devia saber desde o início. O que era mais surpreendente era o fato de ele estar usando a aliança, pensei. A ideia de Christopher ter desencavado a aliança dele e de ter passado a usá-la, justo quando o casamento estava irremediavelmente desmoronado, era quase inacreditável. Mas Maria interpretou o tom da minha voz como acusador e enrubesceu de novo, de modo ainda mais intenso, mas manteve a voz calma e controlada: Sim, eu vi a aliança dele.

As perguntas que deveriam ter vindo, que ela poderia com razão estar esperando — perguntas sobre como, quando ou quantas vezes, sem falar de demonstrações de raiva ou de ciúme ou mais provavelmente de ambos, reações condizentes com a notícia de que o seu marido cometera adultério —, não vieram. Em vez disso, enquanto continuávamos paradas no lobby, fiz outras perguntas sobre a aliança, como que com o intuito de não perguntar sobre a relação sexual que ela tivera com Christopher, meu marido: que tipo de aliança ele estava usando, ela tinha reparado?

Ela deu de ombros, parecendo desconfortável.

De prata, bem simples.

Era fina? Ou grossa?

Grossa, mas não muito.

Talvez mais ou menos assim... Ela fez um gesto indicando uma grossura de cerca de meio centímetro. É claro que isso não era uma prova decisiva, mas a descrição parecia condizer com a aliança de casamento de Christopher, ou pelo menos não parecia não condizer. Provavelmente havia uma razão prática perfeitamente lógica para Christopher estar usando a aliança simples de platina. Ele poderia tê-la posto no dedo do mesmo modo como mulheres solteiras às vezes usam uma aliança para dar a impressão de que não estão disponíveis, com o intuito de evitar assédios e atenções indesejadas, frequentemente basta o brilho do metal no dedo para dissuadir até mesmo um admirador persistente.

Claro que parecer não estar disponível serve a um propósito diferente para um homem, ou pelo menos para um homem como Christopher. Para ele, talvez a aliança servisse para lhe dar mais espaço de manobra, já que era mais difícil fazer exigências de um homem casado; por mais longe que as coisas fossem, ele sempre poderia dizer: Você sabia desde o início que eu era casado, você sabia no que estava se metendo, isso estava tão claro quanto a aliança no meu dedo. Talvez todas as vezes que saía à caça — e eu sabia que essas ocasiões eram frequentes no decorrer do nosso breve casamento — ele, para se sentir mais livre, desencavava sua aliança do fundo da gaveta da sua escrivaninha ou do estojo de couro em que guardava seus relógios de pulso e seus clipes para notas de dinheiro; eu me dei conta de que nem sequer sabia onde ele guardava sua aliança.

O ritmo da minha respiração tinha voltado ao normal. Aquilo, no entanto, não era algo insignificante. E eu não sabia se algum dia se tornaria algo insignificante — quem é capaz de encarar os detalhes de uma traição sofrida sem sentir um misto de arrependimento e humilhação, por mais distante no passado que a experiência já tenha ficado? Súbito, dei boa-noite a Maria. Depois, disse que aquele boa-noite provavelmente era também um adeus a não ser que no dia seguinte ela fosse trabalhar. Eu tinha consciência de que estava desatenta, de que não estava me comportando de acordo com a situação. Ela deu de ombros e não disse se ia ou não trabalhar no dia seguinte. Reparei que ela não me agradeceu pelo jantar, não que eu fizesse questão de que ela me agradecesse, mas a minha indiferença não era tão grande a ponto de não reparar. A coisa toda tinha sido desagradável, desconcertante, não era uma experiência que eu quisesse ou esperasse repetir, um tête-à-tête com uma amante de Christopher. Ela ficou parada me observando, com as mãos enfiadas nos bolsos do uniforme, enquanto eu me afastava e subia a escada rumo ao meu quarto.

7.

O corpo de Christopher foi encontrado numa vala rasa nas cercanias de uma das vilas do território continental, a pouco mais de quinze quilômetros da igreja de pedra que eu visitara na véspera. O lugar ficava a uns cinco minutos de caminhada da casa mais próxima, e o tráfego da estrada que passava por ali não era muito intenso. O ar de abandono era agravado pelo fato de a área ter sido atingida de modo particularmente danoso pelos incêndios, toda a vegetação queimada até o chão. O corpo foi encontrado estendido numa terra que tinha a cor e a textura da fuligem. Quando o levantaram, uma fina camada de pó cobria sua superfície.

O corpo estava lá pelo menos desde a noite anterior, talvez por mais tempo. Embora a carteira de Christopher estivesse sem dinheiro nem cartões, a polícia não teve dificuldade de identificá-lo. Mais tarde, descobriríamos que várias centenas de dólares haviam sido sacadas das contas dele e que gastos misteriosos tinham sido pagos com seus cartões de crédito, gastos que depois seriam cancelados pelo serviço de proteção contra fraudes, em-

114

bora isso parecesse irrelevante, o homem de quem esse crédito estava sendo sacado não tinha mais como se importar, jamais iria conferir outro extrato de conta bancária ou de cartão de crédito. Ele foi roubado e assassinado, uma morte estúpida e anônima que poderia ter acontecido em qualquer lugar — em Manhattan, Londres ou Roma, não havia nada de específico na natureza do homicídio de que ele fora vítima, as motivações eram tão conhecidas quanto banais, nem sequer dignas de atenção. E havia algo de humilhante não só no fato de o seu corpo ter sido abandonado jogado numa vala, como também na ideia de que ele havia viajado para tão longe, para aquela terra e cultura estrangeiras, apenas para se deparar com uma morte que poderia ter se dado a um quarteirão de distância do seu próprio apartamento em Londres.

Nas primeiras horas atordoadas depois que fui informada da morte de Christopher — quando a polícia chegou ao hotel, eu estava no meu quarto arrumando a mala, Kostas já tinha telefonado para o motorista que havia me trazido de Atenas para Mani e ele deveria chegar dali a pouco, claro que não havia nenhuma viagem para Atenas naquele dia, o motorista provavelmente tinha rodado uma boa distância para me apanhar no hotel, um inconveniente caro, mas ninguém tocou no assunto, esse é bem o tipo de coisa com o qual as pessoas não importunam você quando há uma morte na família — os meus pensamentos se fixaram nesse pequeno detalhe, na impropriedade da morte dele, no caráter insignificante e até acidental dessa morte.

Uma amiga minha costumava dizer, ao se referir aos ex--namorados (e mais tarde aos três ex-maridos, ela era uma eterna otimista): Ele morreu para mim, uma frase da qual eu não gostava muito, por me parecer violenta demais para algo que é essencialmente um acontecimento corriqueiro, o fim de um relacionamento. Minha amiga não parecia ser capaz de pensar coisas tão malignas e categóricas, muito menos de senti-las, mas ela sempre me garantiu que havia um sentimento genuíno por trás dessas palavras. Claro que era só força de expressão, mas sempre fui supersticiosa demais para dizer uma coisa dessas, *ele morreu para mim*, parecia um carma ruim, embora eu nunca tenha acreditado em carma.

E, no entanto, apesar da minha cautela, era eu que agora estava vivenciando essa frase macabra, que nem sequer era minha, *ele morreu para mim*. Era o tipo de situação que você às vezes imagina — em momentos de amor ou ódio extremos, nas garras do medo ou de uma raiva colossal —, mas não acredita que seja realmente possível. Mesmo quando você está no altar e declara *até que a morte nos separe*, a morte continua sendo uma coisa abstrata, algo que coroa uma vida em comum longa e feliz, dois velhinhos de mãos dadas, netos e um chalé à beira-mar. Mas não havia filhos nem netos nesse caso, tampouco um refúgio no campo, mal havia um casamento, só o que havia era algo entre as duas frases: *ele morreu para mim* e *até que a morte nos separe*.

Assim que desliguei o telefone, saí do quarto e desci até o lobby, Kostas tinha dito apenas que havia acontecido um acidente terrível envolvendo Christopher, a essa altura eu ainda ignorava a gravidade do ocorrido. Kostas e os dois policiais parados ao seu lado abaixaram a cabeça quando me aproximei. Deve-se tratar com certa deferência uma mulher que está prestes a ser informada da morte prematura do marido, e então me ocorreu que Christopher havia morrido. Kostas me apresentou os oficiais da delegacia local, infelizmente as notícias que eles traziam não eram nada boas.

Kostas continuou, traduzindo os oficiais, que falavam sem olhar para mim, salvo por uma ou outra olhadela sub-reptícia, talvez eles estivessem me avaliando, podiam estar à procura de suspeitos e, como todo mundo sabe, o primeiro suspeito é sempre o marido ou a esposa. Mas, enquanto Kostas continuava a traduzi-los e eu ouvia, anestesiada, as palavras dos dois, que eu não conseguia entender, cheguei à conclusão de que o que estava afetando o comportamento deles não era suspeita, mas apenas constrangimento, ninguém gosta de ser o portador de más notícias e eles não tinham como prever minha reação, se haveria ou não demonstrações de fúria, histeria ou total descrença. Não, eu não os culpava nem um pouco. Imaginei que Kostas já tivesse sido informado de pelo menos alguns dos pormenores com antecedência. Mesmo assim, a cada informação que lhe era transmitida, ele dava um leve suspiro de espanto antes de se virar para mim com uma expressão mais contida e me dizer, por exemplo, que o corpo do meu marido tinha sido encontrado na beira de uma estrada, que ele havia sido atingido por um golpe na nuca, provavelmente desferido com uma pedra ou outro instrumento pesado, que parecia ter sido um assalto. Talvez Kostas achasse que era apropriado demonstrar surpresa, era um tom difícil de acertar, algo entre um desalento solidário e uma vacuidade burocrática, ele estava apenas transmitindo a mensagem.

Eu devo ter ficado em estado de choque. Só fazia balançar a cabeça enquanto, pouco a pouco, o desastre ia se desenrolando diante de mim. Perguntei havia quanto tempo Christopher estava morto e eles disseram que ainda não sabiam ao certo, que só saberiam depois da autópsia, mas que não fazia muito tempo, o corpo ainda estava — Kostas parou de falar e fez uma cara de consternação, como se relutasse em relatar o que se seguiria — relativamente fresco e intacto, tirando o ferimento na nuca, não havia muitos sinais de deterioração. Então ele tinha morrido na véspera, enquanto eu estava ali, no hotel? Os policiais sacudiram a cabeça, de novo, eles não podiam afirmar com certeza antes de receberem o relatório do legista, mas certamente ele não deve ter ficado lá muito tempo, já que havia muitos animais selvagens na área, o corpo não estaria tão intocado como estava. Ele quase parecia estar dormindo, disseram eles. Tirando o ferimento na nuca. Uma grande mancha de sangue, algo que jamais se veria na cabeça de um homem que dorme — não parecia fazer muito sentido descrevê-lo dessa forma. E, no entanto, era possível que a descrição estivesse correta: talvez, quando foi encontrado, o corpo estivesse de barriga para cima, o sangue escondido, os olhos fechados. Será que os olhos dele poderiam ter se fechado na hora da morte? Seria possível que, quando ele foi encontrado, os seus olhos não estivessem encarando, arregalados e em pânico, o fato inesperado da sua morte, mas sim de fato fechados, seu rosto sereno? Como um homem que tivesse decidido se deitar na beira da estrada, um homem que pegara no sono no asfalto.

A senhora poderia ir com eles agora?

Olhei para Kostas com ar confuso, tinha perdido o fio do que ele estava dizendo. Onde?, perguntei, estupidamente. Ele respondeu: À delegacia, para identificar o corpo, eles precisam que alguém identifique o corpo. Claro, falei, eu só preciso pegar as minhas coisas e, também, dar um telefonema. Eu precisava contar para Isabella — no instante em que eles disseram as palavras confirmando a morte de Christopher já era tarde demais, àquela altura ela já devia saber. Isabella era a pessoa que devia estar ali, que devia identificar o corpo do filho, eu era apenas… uma ex-mulher, me dei conta tardiamente, ou quase isso.

Um dos policiais pigarreou, impaciente, como se dissesse que eles já estavam esperando fazia tempo bastante, a compreensão e o tato deles tinham seus limites. Eu repeti que só precisava pegar algumas coisas no quarto e fazer uma rápida ligação e depois poderia ir com eles e os dois balançaram a cabeça fazendo que sim. Eu pretendia ligar para Isabella do meu quarto, mas, parada ao lado da cama, hesitei, os homens estavam esperando lá embaixo, e o que eu tinha que fazer estava longe de ser uma tarefa de um ou dois minutos. Não sabia o que iria dizer, não conseguia imaginar as palavras — Isabella, eu tenho uma péssima notícia para dar, Isabella, aconteceu uma coisa terrível. Seria mais fácil se eu estivesse chorando, histérica, pensei. Isabella diria para eu me acalmar, para eu botar a cabeça no lugar, iria se pôr na falsa posição de quem está no controle, quando ela não estava, quando nenhuma de nós duas estava mais no controle de nada. Esperei mais alguns instantes e, então, não liguei para ela, disse a mim mesma que daria a ela mais algumas horas, durante as quais o mundo dela continuaria coerente, ainda racional, o que era um ato tanto de generosidade como de crueldade, porque ela teria preferido saber imediatamente, qualquer um teria.

Quando voltei para o lobby, um dos policiais tinha desaparecido e Kostas estava ao lado do outro. Ao sairmos, Kostas me disse que a polícia iria providenciar um carro para me trazer de volta ao hotel. Ou talvez um dos policiais me trouxesse, mas de qualquer forma eu não deveria hesitar em entrar em contato com ele se precisasse de alguma coisa. Ele me deu um cartão em que estava escrito o número do seu celular. Depois, disse que era provável que eu não fosse mais ir embora do país naquele dia e se ofereceu para ligar para a companhia aérea para cancelar a minha passagem, garantindo que não haveria dificuldade, já que era um caso de morte na família.

Agradeci e fui andando às pressas atrás do policial, que já estava indo embora. Quando saímos do hotel, vi que o carro estava esperando, com o motor ligado, e o outro policial estava atrás do volante. Entramos no carro. O primeiro policial insistiu para que eu me sentasse no banco da frente e se sentou no banco de trás, sozinho, como se fosse um policial novato. Talvez ele temesse que, se eu viajasse no banco de trás com dois policiais nos bancos na frente, parecesse que eles haviam me prendido e estavam me levando para a delegacia para ser interrogada. Na verdade, ao avançarmos rumo ao interior, já havia gente parando para olhar, espiando pelas janelas do carro como se eu fosse uma criminosa.

No entanto, sentada no banco da frente do carro, com um policial dirigindo em silêncio ao meu lado e o outro atrás, olhando para o encosto do banco à sua frente ou espiando de vez em quando pela janela, não era culpa que eu sentia. E também não era ainda a dor da perda. Só o que eu sentia era incredulidade, uma enorme dificuldade de acreditar que aquilo tivesse acontecido conosco, algo que eu jamais poderia ter imaginado, algo que era ao mesmo tempo totalmente possível (se havia acontecido, então tinha que ser) e ainda impossível para mim, de acordo com a minha experiência, a coisa impossível que tinha de algum modo vindo a se passar, *algum gaguejo no discurso divino.**

Ao mesmo tempo, parte de mim estava preocupada com as questões práticas, e certamente haveria muitas, questões essas que eu sabia não ser a pessoa certa para resolver. Eu precisava falar para alguém — embora não para aqueles policiais; na esfera da lei, eu ainda era a esposa de Christopher, e me parecia que seria vergonhoso revelar o estado confuso do nosso casamento àqueles estranhos, naquele momento — que eu estava numa posição ilegítima, não era exatamente uma impostora, mas estava agindo sob falsas alegações. Em suma, precisava falar para Isabella. Sobre a separação, sobre o real estado do meu relacionamento com o filho dela. E então caberia a ela assumir os preparativos para o funeral, o translado do corpo e o que mais precisasse ser resolvido.

---

* No original, *"some stammer in the divine speech"*, trecho da ópera *Billy Budd*. (N. T.)

O carro de polícia chegou à delegacia, um edifício de concreto de apenas um andar. Havia cachorros do lado de fora, mas eles estavam presos por correias; animais intimidantes, era fácil imaginá-los avançando com ferocidade até o ponto máximo que suas correias permitiam e dando dentadas no ar. Quando o carro parou, vi os policiais se virarem para olhar para mim. Desviei o olhar; senti que estava representando o papel da viúva abalada — uma sensação que eu jamais sentiria se fosse de fato uma viúva abalada. Uma fissura, pequena mas definitiva, começava a se abrir entre a pessoa que eu era e a pessoa que eu estava fingindo ser. Um dos policiais correu para abrir a porta do carro para mim. Saí, vi que o céu estava encoberto de novo e fiquei pensando se iria chover. Os policiais fizeram um gesto indicando para que eu entrasse com eles na delegacia, um prédio tão pequeno que eu fiquei me perguntando onde o corpo estaria guardado, se havia espaço suficiente para um necrotério ali. Entrei atrás dos policiais, que, na sua extrema polidez, estavam agindo como se eu fosse um enorme navio sendo conduzido a um porto estreito, agitando as mãos no ar feito controladores de tráfego aéreo. Tinham no rosto uma expressão genérica de preocupação e ficariam aliviados quando eu não estivesse mais sob a sua responsabilidade, quando eu finalmente não estivesse mais nas suas mãos.

Do lado de dentro, a delegacia estava quase vazia. Havia dois ou três cartazes na parede — não consegui decifrar suas mensagens, estavam escritas em grego e as imagens em si eram opacas. As luzes do teto piscavam de vez em quando. Atravessamos rapidamente a sala de espera, onde havia duas fileiras de cadeiras de plástico com assentos empenados pela ação do tempo, todas vazias, embora não fosse possível que não houvesse incidentes naquela área, só os incêndios já deviam ter gerado inúmeros casos (pessoas desaparecidas, corpos não identificados, gente em busca de entes queridos). Fui conduzida a uma pequena sala, onde um homem se levantou para me cumprimentar, embora não tenha chegado a se apresentar, limitando-se a indicar o lugar onde eu deveria me sentar. Eu me sentei. Ele voltou para a sua cadeira e começou a folhear vários arquivos, como se estivesse ao mesmo tempo muito ocupado e um pouco entediado com a situação, o que de certa forma era compreensível. Ele devia ter um sem-número de responsabilidades, e, embora as questões que trouxessem as pessoas à sua sala fossem necessariamente de enorme importância individual, para ele era só mais um dia de trabalho, não se poderia esperar que ele vivesse sua vida num pique de crise constante, dia após dia; também era seu dever se manter calmo, racional, ele não podia se deixar dominar pelas emoções.

Na verdade, a atmosfera da delegacia inteira era de uma esterilidade acachapante, em nada parecida com que você poderia esperar se assistisse a programas de televisão sobre procedimentos policiais, que são recheados de personagens curiosos e dramas humanos profundos; não havia nada semelhante em exibição ali. Passado um tempo, o oficial ergueu o olhar para mim e pediu para ver o meu passaporte, que por sorte eu tinha achado por bem trazer — nenhum dos dois policiais havia me dito para trazer qualquer tipo de documento de identificação. Ao entregar o passaporte ao oficial, eu disse: Eu não adotei o sobrenome dele quando nós nos casamos, mantive o meu.

Ele se limitou a fazer que sim com a cabeça, talvez essa informação não fosse relevante. Depois se levantou e disse, com o passaporte na mão, que ia sair um instante, mas já voltava. Tornei a me sentar, botei as mãos nos bolsos do meu casaco, lembrei de novo que não tinha telefonado para Isabella, que ela ainda não sabia que Christopher estava morto. A realidade da morte dele estava em toda parte ao meu redor, ali naquela sala, e no entanto Isabella ainda não sabia de nada; por mais concreta que essa nova

122

realidade fosse, ela ainda não era coesa, ainda não havia se propagado. Fazia pouco mais de uma hora que os policiais tinham vindo ao meu encontro. O oficial voltou, trazendo o meu passaporte e um laptop, que abriu e pousou na mesa diante de mim. Aqui está o seu passaporte, disse ele. Agradeci. Ele empurrou o laptop um pouco para trás, sentou-se na beira da mesa e disse que ia me mostrar algumas fotografias no computador — fez um gesto com a mão na direção do laptop — para que eu identificasse o corpo a partir delas. Eu entendi que isso queria dizer que ele ia me mostrar fotos do corpo antes de me levar até onde o corpo estava — como se as imagens fossem uma forma de preparação, do mesmo modo que uma enfermeira passa um pouco de algodão com álcool no seu braço antes de aplicar uma injeção, um ritual que só aumenta o seu pânico.

Isso parecia muito pior e eu disse a ele que preferia ver o corpo de uma vez. Ele sacudiu a cabeça, como se tivesse pensado que não conseguira entender direito as minhas palavras em inglês. Eu pedi desculpas por não saber falar a língua dele e ele sacudiu a cabeça de novo. Movimentou o laptop novamente. Só as fotos, ele disse, e depois repetiu: Só as fotos. Por um momento, fiquei me perguntando se o corpo teria sido perdido ou destruído ou comprometido de alguma forma e só restassem as fotos — uma escalada do pesadelo, concebida num instante. Então me dei conta de que ele queria dizer apenas que as fotos seriam usadas para identificar o corpo, *só as fotos*, o corpo em si permaneceria em outro lugar.

Ele perguntou se eu estava pronta para começar e eu fiz que sim. A situação não estava correspondendo às minhas expectativas — era muito estranho que alguém pudesse ter expectativas em relação a uma situação que nunca havia imaginado na vida, mas era assim. Eu estava preparada para ver o corpo e agora veria apenas fotografias do corpo, algo que me parecia insuficiente, superficial demais para a gravidade da situação, Christopher tinha morrido sozinho e agora continuaria sozinho morto, sem outra testemunha além do flash de uma câmera. Tive vontade de chorar, aquilo era triste demais. O oficial tocou no teclado, despertando o computador; quase não havia ícones na tela inicial, que exibia como papel de parede a imagem que vinha da fábrica. O oficial franziu o cenho ao clicar na pasta — não consegui ler o nome da pasta, estava em grego, poderia querer dizer *autópsias, identificações* ou simplesmente *fotos*, eu não fazia ideia — e depois começou a arrastar o cursor por sobre um número surpreendente de arquivos, no mínimo cinquenta ou sessenta. A tarefa levou algum tempo, o oficial começou a cantarolar de boca fechada, desafinado, com o dedo no touchpad.

Talvez tivesse havido muitas mortes nas últimas semanas, não era impossível, os incêndios deviam ter feito vítimas, me apavorava pensar em como seriam aquelas fotos. O oficial fez um pequeno ruído de satisfação — enfim havia encontrado o que estava procurando — e então, sem mais delongas (afinal, ele já tinha me perguntado se eu estava pronta), clicou num arquivo e a tela foi tomada por uma imagem do rosto de Christopher morto, sua cabeça pousada numa superfície de metal, provavelmente a mesa de exame do médico-legista. Fiquei olhando para a imagem, enquanto o oficial me observava. Depois, discretamente, ele desviou o olhar, como que para me dar privacidade. Passados alguns instantes, ele pigarreou e eu ergui o olhar, sobressaltada.

Então?

Olhei de novo para a foto. Não disse nada — sim, claro que era Christopher, mas eu não reconheci o homem na imagem, ou seja, era e não era Christopher. Eu nunca o tinha visto naquele estado, um olho entreaberto e o outro fechado (no final das contas, seus olhos não estavam nem abertos nem fechados na hora da morte, mas as duas coisas ao mesmo tempo, e isso me pareceu uma coisa horrível, o fato de ninguém ter se dado ao trabalho de fechar o outro olho), a boca aberta como se ele estivesse em estado de choque, o choque da sua morte, que havia sido anormalmente violenta — Christopher não estava mais acostumado com a violência do que o resto de nós, talvez até estivesse menos.

Era um rosto com o qual você não se depara com frequência na vida: o rosto indisfarçado da morte, tão diferente do rosto dos mortos que vemos em casas funerárias ou em máscaras mortuárias, um rosto que foi processado, ao qual a dignidade foi restituída e do qual a emoção foi removida. *Ele parecia estar dormindo*, um comentário comum, uma tentativa de negar o caráter terminante da morte, sendo o sono um estado intermediário entre a existência e o nada, a presença e a ausência. Mas era mais que isso, esse *ele parecia estar dormindo*. Era também, eu entendia agora, uma tentativa de fingir que o trajeto rumo à morte, o processo de morrer, era de alguma forma sereno, quando com quase toda a certeza não era.

O rosto de Christopher não era o rosto de um homem que dorme, de um homem em paz. Era o rosto de um homem que tinha sentido medo. O medo imbeciliza qualquer rosto, suplanta a inteligência, o charme, o humor, a generosidade, as qualidades pelas quais conhecemos as pessoas e pelas quais nos apaixonamos. Mas quem não sente medo diante da morte? Foi por isso que não consegui dizer imediata e definitivamente *É o Christopher*, porque era e não era ele, a expressão era irreconhecível e mesmo as feições em si não pareciam pertencer ao homem com quem eu havia sido casada durante cinco anos, o homem com quem eu ainda estava casada.

O oficial se inclinou para a frente e clicou na pasta de novo. Como eu não tinha respondido a sua pergunta, ele deve ter achado que eu precisava ver mais fotos para conseguir identificar o meu marido, como se só uma imagem não fosse suficiente, talvez em alguns casos não fosse mesmo — como eu tinha acabado de ver, a morte transformava o rosto a ponto de deixá-lo irreconhecível. Levantei a mão para detê-lo, eu não precisava ver mais nada, obviamente era Christopher, ou melhor, a sensação que eu tinha de que não era ele — de que era um duplo, uma ilusão visual, um outro — não seria dissipada por mais fotos. É ele, eu disse. Esse é o Christopher.

Eu disse *esse* e não *ele*, as pessoas fazem isso com frequência, a frase *Ele é o Christopher* soava pouco natural, era impossível de pronunciar. E também não refletia a verdade, não havia nenhum *ele*, não havia nada de substancial no que eu tinha visto, apenas um amontoado de pixels, um arquivo num laptop. Eu não estava com nenhuma vontade de ver o corpo e, no entanto, não conseguia acreditar que não veria o corpo. De repente, achei que devia ao menos perguntar. Elevei a voz e disse: Onde está o corpo? Não consegui dizer *Onde ele está?*. Parecia fuga, mas na verdade era quase aceitação, ou pelo menos uma afirmação do fato de que, quando a morte vem, a pessoa se vai e nada resta além do corpo, *isso* e não *ele*, apenas algo que se assemelha à pessoa viva.

O oficial, que tinha tirado as mãos do computador assim que eu abri a boca, como se também não estivesse com nenhuma vontade de ver outras imagens e se sentisse aliviado — embora esse tipo de coisa fizesse parte do seu trabalho, não necessariamente significava que ele gostasse do processo — deu de ombros. O corpo está logo aqui ao lado, disse ele. A expressão *logo aqui ao lado* parecia informal demais para uma coisa tão séria, a localização do corpo do meu marido. Logo aqui ao lado, eu repeti, o corpo está aqui ao lado, Christopher está aqui ao lado? E ele deu de ombros de novo, fazendo um gesto com o braço vagamente na direção do corredor, como se o corpo de Christopher não tivesse uma localização certa, como se estivesse apenas por ali, se deslocando de um lugar para outro, passando de sala em sala. Ele perguntou: A senhora quer ver o corpo? A pergunta me pegou de surpresa, embora eu não devesse me surpreender — claro que essa possibilidade seria oferecida à esposa, à viúva, principalmente a uma viúva que havia acabado de perguntar onde o corpo estava e que tinha ficado tão surpresa com o fato de terem lhe mostrado fotografias em vez do corpo em si — e eu hesitei. Não que a ideia me deixasse nervosa, embora deixasse, ver a foto já tinha sido difícil o suficiente. Era mais uma questão de não saber se eu tinha esse direito, se não haveria outra mulher — é sempre uma mulher que fica ao lado do corpo, Maria Madalena, Antígona, Lady Capuleto, mulheres em diversos papéis — que devesse estar lá em vez de mim, talvez Isabella, talvez outra pessoa.

Christopher havia partido. O que acontecia agora era de sua alçada íntima — *assim como há aposentos na nossa própria mente em que nunca entramos sem pedir licença, devemos respeitar os fechos de outras pessoas** — e o que poderia ser mais íntimo do que a morte da pessoa, principalmente quando era violenta ou antinatural? Não era por isso que fotos de corpos retirados de cenas de crimes e acidentes automobilísticos nos pareciam tão de mau gosto ou por que sentíamos tanto desprezo de nós mesmos quando não conseguíamos resistir à tentação de torcer o pescoço para espiar um acidente de carro, os pés (ainda calçados) da pessoa acidentada aparecendo por baixo da lona impermeável? Não era apenas pelo horror do corpo morto, mas também pela invasão da privacidade de uma pessoa estranha, pelo ato de ver algo que não devia ser visto.

---

* No original, "*as there are apartments in our own minds that we never enter without apology, we should respect the seals of others*", fragmento de uma carta de Emily Dickinson. (N. T.)

Como eu poderia saber se Christopher gostaria ou não que eu o visse naquele estado — com os olhos tortos, a boca aberta, ele era um homem vaidoso, tinha um senso de decoro, a própria ideia de morrer daquele jeito já o deixaria humilhado —, como eu poderia saber o que eu representava para ele nos últimos momentos antes da sua morte? E, no entanto, era necessário que ele fosse visto por alguém. Eu ainda não tinha telefonado para Isabella, ela só conseguiria chegar ali no dia seguinte, quando então o corpo já estaria morto por quarenta e oito horas ou mais e num estado de decomposição parcial, o que estava longe de ser uma visão recomendável para uma mulher idosa, por mais valente que ela fosse — não, o corpo não podia ficar tanto tempo sem ser visto.

Sim, eu disse ao oficial, que ergueu o olhar, como que surpreso, eu gostaria de ver o corpo. Ele fez um aceno positivo com a cabeça, enfiou a mão no bolso e puxou um molho de chaves.

8.

Entre as coisas de Christopher, havia um exemplar da revista *London Review of Books*, de junho daquele ano. Não era nenhuma surpresa, números antigos dessa e de outras publicações se acumulavam por todo o canto do nosso apartamento, o banheiro estava abarrotado de exemplares que chegavam a ter até um ano de idade. Esse número específico da *London Review* trazia vários artigos interessantes, que eu acho que teriam despertado a curiosidade de Christopher e que ele sem dúvida havia lido — afinal, tinha se dado ao trabalho de trazer o exemplar até a Grécia, talvez até o tivesse lido no avião.

Em geral, Christopher carregava consigo uma quantidade considerável de material de leitura, uma mala cheia de livros, revistas, cadernos, artigos. Devia ter pretendido ficar na Grécia durante algum tempo, talvez de fato tivesse esperança de terminar de escrever o livro durante aquela viagem. Até então, eu ainda não entrara no computador dele, não abri arquivos ou examinei documentos nem verifiquei se havia alguma coisa ali que pudesse ser publicada, a pedido do agente e do editor dele e tam-

129

bém de Isabella — ela obviamente iria tomar parte nisso tudo. Eu vinha relutando, adiando a tarefa, já desconfiava desde o início que seria uma experiência perturbadora, como espionar a mente, os pensamentos íntimos de uma pessoa morta.

Quando por fim me sentei diante do computador — um objeto familiar, que eu via diariamente quando morávamos juntos —, pensei em como a morte é sempre abrupta e antinatural, pelo menos do modo como a vivenciamos: sempre é uma interrupção, sempre há coisas que ficam inacabadas. Isso se manifestou no laptop de Christopher: a tela inicial estava coberta de um intrincado mosaico de arquivos e documentos, havia pelo menos uma centena de pastas diferentes, às vezes com nomes estranhos — *trabalhos de outras pessoas, internet*. Você dá nome a uma pasta sem pensar, algumas têm nomes óbvios — *contas, artigos* — mas outras se parecem com gavetas de bagunça, você mal se lembra do que tem lá dentro, nunca imagina que um dia outra pessoa poderá vir a vasculhá-las.

No entanto, era exatamente isso que eu estava fazendo. No meio das gavetas de bagunça, enquanto procurava os documentos que Isabella, o agente e o editor insistiam que deviam estar lá — que configurariam um manuscrito quase completo que, sem que eu soubesse, Christopher havia prometido entregar dentro de seis meses, um prazo que terminara pouco depois de sua morte, uma funesta confirmação de uma mentira que eu havia contado a Isabella, sobre o trabalho de Christopher e sobre o fato de o livro estar quase concluído, uma mentira que de alguma forma se tornara verdade ou pelo menos tinha sido reiterada pelo próprio Christopher —, eu encontrei outras coisas. Coisas que, imagino, Christopher jamais iria querer que eu visse: por exemplo, uma pasta cheia de fotos pornográficas que ele tinha baixado da internet.

Na superfície, não havia nada muito doloroso para ser descoberto, ele não tinha obsessão por nenhum tipo de pornografia fetichista particularmente violenta, não colecionava fotos eróticas gays nem visitava sites com nomes como *Black Beauties* ou *Hot Asian Anal*. Eu já ouvira histórias desse tipo, que no fundo eram histórias sobre uma mesma descoberta, sobre o momento em que alguém se dava conta de que nunca havia satisfeito ou nem mesmo tangenciado o desejo secreto, as fantasias mais vividamente imaginadas do seu parceiro. De que alguém nunca tinha sido, nem mesmo em algum nível, aquilo que ele ou ela estava procurando, a mente do seu parceiro sempre em outro lugar ou se esforçando para se contentar com o que tinha, algo que lançava uma luz cruel e humilhante sobre todo o histórico dos seus encontros sexuais; ele estivera sempre tentando não ver você, ao menos não como você de fato era.

Não havia nada desse tipo. E, no entanto, eu continuava tensa; cliquei em quatro ou cinco JPEGs antes de fechar a pasta, com o coração batendo descompassado. As imagens não eram nem particularmente obscenas, considerando que eram pornográficas, nem especialmente pessoais — a pornografia comprova o caráter genérico do desejo: ao que parecia, Christopher tinha os mesmos desejos de muitos outros homens, uma predileção por ménages à trois, felações e coisas do tipo. Vários dos arquivos que abri continham imagens de duas mulheres, mas isso não era nada muito chocante, pelo contrário, era uma predileção que eu já conhecia de antemão.

A maioria das imagens era feita de modo a simular algo que já foi chamado na Inglaterra de estilo Esposas dos Leitores — ou seja, fotos amadoras de pessoas comuns — mas que agora tinha se tornado a estética predominante da pornografia na internet. A qualidade das fotos era baixa, a iluminação era forte demais e pouco lisonjeira, o cenário tinha o luxo cru característico dos subúrbios, grandes salas de estar com sofás de couro sintético e móveis de aço e vidro. E as mulheres, embora bonitas, dificilmente seriam confundidas com estrelas pornô típicas, quase não usavam maquiagem e não pareciam ter se valido de nenhum implante para aumentar seus atributos físicos. Mesmo assim, estavam claramente à vontade diante da câmera. Comportavam-se como se fossem profissionais, o que com certeza era uma consequência da época que vivemos, as pessoas tiram fotos de si mesmas o dia inteiro, em qualquer atividade e situação, tomando café da manhã, sentadas dentro de um trem, paradas na frente do espelho. O efeito disso não é uma maior franqueza ou verossimilhança nas fotografias que proliferam — nos nossos celulares e computadores, na internet —, mas sim o oposto: a artificialidade da fotografia se infiltrou nas nossas vidas cotidianas. Posamos o tempo inteiro, mesmo quando não estamos sendo fotografados.

Duas das fotos — que não pareciam nem profissionais nem amadoras, mas algo intermediário — mostravam uma mulher completamente nua salvo por um par de meias esportivas que iam até os joelhos. Nunca teria me passado pela cabeça que Christopher pudesse ter um fraco por meias, mas a moça era jovem e atraente. Numa das fotos, ela estava sentada na beira de uma cadeira com as pernas bem afastadas, a cabeça jogada para trás e a boca aberta, como se estivesse em êxtase. Na outra foto, ela segurava os seios em concha com as duas mãos, inclinando o corpo para a frente, a boca ainda aberta, mas de uma maneira mais pragmática, só havia uma coisa a fazer com uma boca como aquela: botar alguma coisa lá dentro.

Ambas as poses tinham sido reproduzidas milhares ou talvez milhões de vezes, a internet está entulhada de imagens de mulheres naquelas mesmas posições, até mesmo com expressões faciais idênticas, mas eu sabia que isso não era nenhum impedimento para o desejo e o tesão — de modo geral, ninguém se preocupa muito com clichês quando está excitado ou em busca de excitação. Christopher devia ter se masturbado olhando para aquelas imagens — para que mais servia a pornografia, por que mais ele teria se dado ao trabalho de fazer o download daquelas imagens, se não para fazer uso delas como um excitante confiável? Mas talvez o cenário não fosse assim tão óbvio e solitário, Christopher curvado diante do computador, com o rosto iluminado pela luz da tela. Talvez aquelas imagens tivessem despertado um tesão que depois era satisfeito com uma parceira de carne e osso, uma mulher ou talvez duas, que o esperavam no quarto ou talvez vissem as imagens junto com ele. Durante algum tempo, essa parceira poderia até ter sido eu. Uma mulher com quem ele então levava o ato adiante: a imagem pornográfica ainda fixa na sua imaginação, um complemento para o corpo vivo, que por si só já não bastava, o ato sexual real que se seguia sempre um pouco decepcionante comparado à promessa ilimitada da fantasia pornográfica, à vastidão da internet.

No entanto, eu só entrei no computador de Christopher semanas, meses depois, ao passo que o número de junho da *London Review of Books* eu vi talvez apenas alguns dias depois que Christopher morreu, ou melhor, depois que fui informada de que ele havia morrido. Àquela altura, Isabella já tinha chegado. Eu havia ligado para ela da delegacia, depois de ver o corpo de Christopher, que estava estendido numa mesa de aço, totalmente coberto por um lençol, inclusive o rosto. Isso me deixou ainda mais nervosa, muito embora não houvesse nenhuma razão para que eu esperasse que o corpo estivesse disposto de maneira diferente, que o lençol o estivesse cobrindo, por exemplo, só até a altura dos ombros, como se ele estivesse deitado numa cama, como que para confirmar que *ele parecia estar dormindo*.

Ele não parecia estar dormindo. Seu rosto, quando o oficial de polícia puxou o lençol para baixo, estava fixo na mesma expressão que eu tinha visto nas fotos — de novo, por uma artimanha da imaginação, que é sempre burra e lenta em situações como essa, eu havia pensado que o rosto dele estaria diferente, com uma aparência diferente, mas estava exatamente como nas fotos, os olhos tortos, a boca aberta. No entanto, o ferimento na nuca, com sua crosta escura de sangue, era maior e estava mais aberto do que eu esperava, parecia estar se agravando, como se continuasse a causar incômodo, como se Christopher ainda estivesse sentindo dor, bem ali na minha frente.

Virei o rosto para o lado. Quando puxou o lençol para cima, o oficial de polícia disse que imaginava que o corpo seria transportado de volta para a Inglaterra e não fosse enterrado ou cremado ali na Grécia. Eu fiz que sim, embora na verdade não soubesse, não tinha a menor ideia do que Christopher teria preferido, não conseguia acreditar que ele pudesse querer nem uma coisa nem outra. A senhora vai precisar informar à embaixada, o corpo precisa ser embalsamado, e o quanto antes isso for feito, melhor, disse o oficial. Existem procedimentos. Eu fiz que sim de novo e disse que, assim que a mãe de Christopher chegasse, tomaríamos todas as providências. Ele se virou, satisfeito, e foi embora.

Ele não perguntou por que era preciso esperar a chegada de Isabella, talvez para ele essa deferência para com a mãe parecesse muito natural. De qualquer modo, ela não demorou a chegar. Isabella e Mark pegaram o primeiro voo de Londres para lá, logo na manhã seguinte. Isabella, quando eu liguei para ela da delegacia, estava estranhamente calma. Ela disse: Ah, não, e depois ficou tanto tempo em silêncio que achei que ela podia ter desmaiado. Chamei o nome dela várias vezes e então Mark pegou o telefone e eu tive que dizer novamente que Christopher havia sido encontrado morto, que ele tinha morrido. Dava para ouvir Isabella chorando ao fundo, um som baixo e terrível. Cobri mi-

134

nha boca com a mão. Ouvi um baque, como se Isabella tivesse caído no chão. Fechei os olhos. Eu vou ter que te ligar depois, disse Mark, eu te ligo daqui a pouco.

Menos de vinte e quatro horas depois, eu estava parada perto do portão do hotel vendo o carro entrar, com Mark e Isabella sentados, imóveis, no banco de trás. Eles deviam ter pedido ao motorista que corresse o máximo possível, pois ainda passava pouco do meio-dia. Quando saiu do carro, Isabella não olhou para mim, mas sim ao redor, para a estrada, depois para as colinas e para o céu, como se tentasse entender o que havia atraído o filho para aquele lugar. Fiquei observando-a do portão, protegendo meus olhos da luz ofuscante do sol com uma das mãos. A temperatura devia cair ao longo do dia, notei que Isabella e Mark estavam usando casacos leves, eles obviamente haviam consultado a previsão do tempo antes de fazer as malas, apesar de estarem abalados. No entanto, o sol ainda brilhava forte.

A princípio, tive a impressão de que Isabella estava olhando para a paisagem à sua volta com uma expressão de perplexidade — a expressão atônita com que uma esposa bonita examina o rosto de uma amante vulgar, o rosto da sua traição —, mas aos poucos me dei conta de que ela olhava não com espanto, mas com ódio, a mesma inimizade que a esposa sempre acaba sentindo pela amante. Ela odiaria aquele lugar pelo resto da vida, até o dia de sua morte. Enquanto me aproximava dela com os braços estendidos — nós nos abraçamos, mas com cautela, como se estivéssemos ambas incalculavelmente frágeis — eu entendi que, embora ela sempre tivesse me odiado, esse ódio agora havia se dissipado e encontrado outro objeto. Eu tinha tirado Christopher dela, mas nunca completamente, não daquele jeito.

A primeira coisa que ela disse, depois que foi levada até o seu quarto e que a porta se fechou atrás de nós (ela logo incumbiu Mark da missão, obviamente inventada, de ir até a farmácia local, dizendo estar com dor de estômago, náusea, enjoo por causa da viagem de carro), foi: Por que ele veio para cá?. Ela estava parada perto da janela, Kostas tinha posto Isabella e Mark numa suíte, embora não aquela que Christopher havia ocupado. Olhei para ela, não conseguia lembrar quando tinha sido a última vez que nós duas havíamos ficado a sós. Ela olhou para mim também, por um momento foi como se o principal relacionamento fosse entre nós duas, como se os homens tivessem morrido ou sido enviados para algum lugar distante. Talvez agora isso fosse verdade.

Não sei, respondi. Eu não o encontrei a tempo, cheguei tarde demais.

Ela sacudiu a cabeça, os músculos ao redor de sua boca se contraíram. Deve ter sido por causa de alguma mulher, o Christopher nunca conseguiu manter o pau dentro das calças.

Fiquei atônita, nunca tinha ouvido Isabella usar termos tão chulos nem falar do filho de um jeito tão crítico e agressivo. Ela disse aquilo não como se ele estivesse morto, mas como se ele tivesse simplesmente fugido, e como se ela pretendesse lhe passar um sermão assim que ele voltasse. Percebi que ela estava num estado de completa negação.

Parada em frente à janela, ela olhava para o mar com uma expressão rígida, uma mulher cheia de raiva, da situação, do lugar, do fato de o filho ter morrido, que ela não conseguia aceitar. E do filho, que tinha tido a audácia de morrer antes dela, de botá-la na posição antinatural de sobreviver ao seu único filho, o pesadelo de toda mãe. Era aterrorizante olhar para o rosto dela, que havia desmoronado sob a dor que ela era incapaz de expressar diretamente. Eu estava de todo solidária a ela naquele momento tão doloroso, mas, conforme ela continuava a falar, eu só queria que ela parasse.

Acho que hoje em dia chamam isso de vício em sexo. Homens que não conseguem parar de correr atrás de mulheres, mesmo quando estão fazendo papel de ridículo. Piora com a idade, sabe? Não existe nada pior do que um velho tarado. Claro que você precisa assumir alguma responsabilidade pela situação, disse ela. Mas eu não a culpo, conheço o meu filho, não sei se alguma mulher teria conseguido impedir que ele galinhasse.

De repente, os olhos dela ficaram cheios d'água, como se ela estivesse se referindo não à infidelidade, mas à morte do filho; era disso, no fundo, que ela estava falando, e ela tinha razão, nenhuma mulher teria conseguido impedir que ele morresse. As coisas deviam estar tensas entre vocês, o Christopher nunca disse uma palavra sobre isso, mas eu sentia. Ela ficou em silêncio por um momento. Se pelo menos o Christopher não tivesse tido uma razão para vir para este lugar.

Ele veio para cá, eu disse, para fazer pesquisa, para terminar o livro dele.

Isabella balançou a cabeça com veemência, fazendo que não. O livro era só uma desculpa, disse ela, o Christopher nunca levou a sério o trabalho dele. Estava sempre fugindo. Sempre tinha algum lugar para ir, estava sempre inventando maneiras de se manter muito ocupado. Acho que tinha medo de que, se parasse, ele se daria conta do quão vazia era a vida dele.

Isso era injusto; embora o amasse demais, Isabella nunca havia conseguido levar o filho a sério. Agora que ele estava morto, ela jamais teria que reconhecer a extensão das ambições dele, o fato de que, ao morrer, ele havia deixado coisas inacabadas. Ela não estava olhando para mim. Eu disse que ele estava perto de terminar o manuscrito (uma mentira), que eu tinha lido capítulos inteiros (outra mentira), que na verdade havia uma conexão crucial (até o termo soava falso) no livro que poderia ser alinhavada com a pesquisa que ele vinha fazendo no sul do Peloponeso.

Isabella não disse nada, talvez nem tivesse me ouvido. Parada diante da janela, ela parecia a mulher mais triste do mundo. De qualquer forma, disse ela, ainda olhando para o mar, você o amava. Apesar dos defeitos dele. E isso já é alguma coisa. Ele morreu amado. Ela não olhou para mim à procura de confirmação — talvez não fosse necessário, estava subentendido que eu amava Christopher, que esposa não amava o marido? Mesmo quando o marido lhe dava motivos suficientes para que ela não o amasse? Um intervalo considerável de silêncio, que Isabella não pareceu notar, se passou antes que eu dissesse: Sim, o Christopher era amado por muita gente, não há dúvida de que ele morreu amado.

Mas ele era amado por você, ela insistiu, o amor de uma esposa é diferente, é importante. Mais importante que o amor da mãe? perguntei. E imediatamente me arrependi, teria retirado a pergunta se pudesse, a mulher tinha acabado de perder o filho, se eu não conseguisse ser generosa com ela naquele momento, quando é que eu ia conseguir? Mas ela respondeu, com ar grave: Sim, é o amor mais importante, mas o amor da mãe é garantido, é algo certo. Uma criança nasce e pelo resto da vida dela a mãe vai amar aquela criança, aquele filho, sem que o filho necessariamente faça nada para merecer esse amor. Mas o amor de uma esposa o homem tem que ganhar, tem primeiro que conquistar e depois conservar.

Ela fez uma pausa e depois acrescentou, acredito que sem má intenção: Você não tem filhos, talvez seja difícil para você entender. E eu disse em resposta: Sim, eu amava o Christopher, Isabella, ele morreu amado. E ela disse: Ah. Era só isso que eu queria saber.

E, no entanto, as palavras de Isabella me voltaram à cabeça quando eu estava arrumando as coisas de Christopher, guardando-as na mala para que fossem levadas de volta para Londres (os funcionários do hotel só tinham posto tudo dentro de caixas, elas estavam completamente desordenadas, e aquilo não era uma tarefa que eu pudesse pedir a Isabella para fazer. A dor dela já havia assumido a precedência sobre a minha, tanto por causa da sua egolatria natural como porque o segredo do meu afastamento de Christopher significava que eu não acreditava que o meu luto pudesse merecer mais atenção; então, eu deixei que isso acontecesse). Quando encontrei o número de junho da *London Review of Books*, ele estava aberto nas páginas finais. Essas páginas continham anúncios pessoais e de imóveis — *casa em estilo colonial na costa de Goa, a quatro quilômetros do Monte San Savino, essencial possuir meio de locomoção próprio, temporada revigorante em refúgio luxuoso ideal para quem deseja escrever*. No final da coluna da esquerda, na página na qual o número estava aberto — o papel em torno dos grampos estava um pouco rasgado, como se as páginas estivessem dobradas para trás fazia algum tempo —, havia um anúncio circulado a caneta, no qual se lia:

INFIDELIDADES: A vida se tornou meio insossa e rotineira? Será que discretas apresentações para encontros fariam você recuperar aquela centelha especial perdida?
Infidelidades é totalmente a favor da experiência do relacionamento alternativo. Nós oferecemos um sistema pessoal, profissional e sob medida, que nada tem a ver com buscas na internet. Mulheres são particularmente bem-vindas ao nosso projeto único. Ligue para James para ter uma conversa privada e amigável.

O anúncio trazia ainda um número de telefone fixo e outro de celular. Quando o li pela segunda vez, pensei, de forma um tanto mecânica, que o redator do texto tinha péssimo ouvido: por

139

que dizer, por exemplo, "meio insossa" em vez de simplesmente "insossa"? Por que "centelha especial perdida" em vez de "centelha perdida"? Talvez isso não tivesse muita importância na maior parte das circunstâncias, mas o anúncio havia sido publicado na *London Review of Books*, que era lida por um público culto e sofisticado, um público que se considerava culto e sofisticado. O tom do anúncio era uma completa bagunça, por um lado fazia lembrar uma proposta de banco ou uma oportunidade de investimento, por exemplo, quando usava a palavra "sistema". Por outro, soava como uma experiência mal concebida de amor livre; por que descrever isso como um "projeto único", por que se referir a isso como "alternativo"?

Estiquei o jornal, minhas mãos estavam um pouco trêmulas. Foi a última linha, a recomendação de que a pessoa ligasse para James para "ter uma conversa privada e amigável", que me pareceu o detalhe mais bizarro, principalmente considerando que era oferecido não só um número de celular como também um número de telefone fixo. Fiquei imaginando esse tal James, constantemente a postos, pronto para largar o que quer que estivesse fazendo caso o seu telefone tocasse, qualquer um dos dois, sempre preparado para entabular uma conversa privada e amigável a qualquer hora do dia ou da noite. Quanto mais eu pensava no anúncio, mais o seu tom incongruente me intrigava, de um lado era "profissional", "sob medida", de outro era uma "conversa", era "amigável".

O agente de Christopher também se chamava James, um homem encantador e carismático na faixa dos sessenta anos e uma figura conhecida no mundo editorial — seria impossível imaginar um homem mais diferente do James do anúncio do que ele. E, no entanto, talvez os serviços que eles ofereciam não fossem tão diferentes assim, discrição, compreensão, uma espécie de intimidade profissional — comecei a imaginar o agente de

Christopher, aquele senhor simpático e afetuoso como um tio, fazendo um bico noturno como o James do Infidelidades, escrevendo o texto no seu laptop, enviando o formulário para o departamento de classificados da *London Review*, esperando que as ligações viessem, uma imagem absurda, mas mesmo assim divertida, talvez tivesse sido a coincidência do nome que tivesse feito Christopher reparar no anúncio de início.

Mas o que exatamente o Infidelidades teria a oferecer a alguém como Christopher, por exemplo, que não precisava de ajuda nenhuma para arranjar suas infidelidades, nem necessitava de apresentações — elas simplesmente surgiam na vida dele, do mesmo modo como a depressão surge na vida de algumas pessoas —, mas que havia, mesmo assim, reparado naquele anúncio? O que aquele sistema poderia ter propiciado? O tipo de ajuda de que Christopher teria precisado seria mais para gerenciar seus encontros amorosos e amantes, uma espécie de serviço administrativo, orquestrar casos era uma dor de cabeça, havia mentiras a serem mantidas, agendas a serem coordenadas, indícios a serem escondidos.

Sim, o James do Infidelidades teria tido mais sorte se tivesse anunciado serviços que fossem mais nessa linha, isso de fato teria sido *sob medida* (o anúncio tentava passar a impressão de ser chique e sofisticado, mas na verdade parecia apenas suburbano, essencialmente cafona). Então Christopher poderia ter parado para pegar o telefone e dizer: Alô, eu preciso de ajuda com as minhas infidelidades, mais exatamente, preciso de ajuda para gerenciá-las, elas estão virando uma dor de cabeça. E, então, o James do Infidelidades teria feito uma série útil de sugestões ou propostas, coisas que iriam aplanar o caminho potencialmente acidentado da traição, quer fosse um segundo telefone celular ou presentes nos momentos certos para a esposa.

Acima de tudo, afável e discreto como um padre, ele teria

sido conivente com as traições de Christopher. E eu percebi então que esse era o verdadeiro motivo por que Christopher tinha parado para circular o anúncio. Não era necessário telefonar nem conversar com James, a simples existência daquele anúncio, com sua mensagem inequívoca, era o bastante — havia outras pessoas fazendo isso, havia até gente que queria ser infiel, mas não sabia como. Isso deve tê-lo tranquilizado bastante, ele deve ter pensado que era absolutamente natural essa compulsão dele, que tinha ido além do prazer e se transformado em algo bem mais terrível. No fim, ele tinha ficado como Moira Shearer em Os sapatinhos vermelhos, forçada a dançar, sem mais prazer nem alegria, até a morte. Quantas tinham sido, exatamente? Christopher nunca conseguiu manter o pau dentro das calças. Eu sabia de três; pelo bem de todos nós, eu fingia para mim mesma e para ele que eram só três, que era um número finito. Três já era ruim o bastante para um casamento tão curto, três eram várias traições, múltiplos casos em vez de um ou dois. No entanto, eu sempre soubera que tinha havido outros, talvez muitos outros, eu não a culpo, conheço o meu filho, não sei se alguma mulher teria conseguido impedir que ele galinhasse. Isabella via a infidelidade de Christopher como uma espécie de câncer, cujo prognóstico é sempre ruim.

Um câncer que eu não havia sido capaz de curar — eu entendia isso agora. E entendia também que a frieza da dor de Isabella, a inexplicável e impassível virulência que ela agora dirigia ao filho, acabaria mais cedo ou mais tarde encontrando seu verdadeiro alvo. Pus a revista de lado. No fim, Isabella iria me culpar, já estava me culpando agora, mesmo que ainda não soubesse. Senti um aperto no coração — não conseguia pensar em nada para dizer em minha defesa. Christopher tinha morrido, e eu estava morando com outro homem, tinha deixado Christopher sozinho com a sua infidelidade — sim, no fim, eu é que tinha ido embora.

142

9.

Teria sido por isso, no fim, que não contei a Isabella e Mark que Christopher e eu tínhamos nos separado, por causa da pergunta dela, disfarçada de afirmação — *ele morreu amado* —, e por causa da culpa, a óbvia culpa dos sobreviventes, que não necessariamente passa com o tempo, como prometem? Mesmo naquela primeira ida à delegacia, eu já sabia que não ia contar a Isabella, que o momento de contar para ela ia chegar e passar, e eu não ia dizer nada. Depois que identifiquei o corpo e me disseram que eu podia ir, quando saí da delegacia, Stefano estava à minha espera. O oficial de polícia tinha chamado um carro para me levar de volta ao hotel. Stefano correu para abrir a porta do carro e seu rosto foi ficando vermelho, como ele se estivesse com vergonha de olhar para mim. Quando cheguei perto do carro, ele parou e segurou a minha mão com as suas, murmurando algumas palavras de pêsames que eu mal ouvi, talvez *Eu soube do que houve com o seu marido* ou *Que coisa terrível isso que aconteceu*, depois abaixou a cabeça e disse apenas que sentia muito.

Eu agradeci balançando a cabeça. Percebi que ele estava numa posição estranha, dividido entre um sentimento genuíno de compaixão — nós não éramos amigos, só tínhamos passado algumas poucas horas juntos, mas ele era alguém essencialmente empático, humano demais para não imaginar como eu devia estar me sentindo — e alguma outra emoção menos nobre, uma expressão de alívio, se não de triunfo. Eu ainda não desconfiava que a notícia da morte de Christopher pudesse ter deixado Stefano feliz, eu acreditava que ele era um homem sensível, e contemplar a morte de qualquer outra forma que não no abstrato é difícil até mesmo para quem não é particularmente sensível.

E, no entanto, aquilo era uma espécie de solução, mesmo no meu estado atordoado fui capaz de enxergar isso, talvez tenha até chegado a pensar: Pelo menos alguém vai se beneficiar com isso, em tudo há um lado bom e um lado ruim, até nos acontecimentos mais extraordinários e tristes. Sentada no banco de trás do carro, senti de imediato que Stefano estava nervoso, não sabia o que dizer, como se comportar perto de alguém que acabara de perder um ente querido; ao contrário de sua tia-avó, ele não tinha nenhuma experiência nesse assunto. Eu não sei o que dizer, estou chocado, falou.

De novo, só balancei a cabeça, não havia nada a dizer em resposta a esse comentário, o que eu mais queria era que ele parasse de falar. Mas ele não parou. Eu passei por acaso pelo lugar onde o corpo dele foi encontrado, ele continuou, eu estava trabalhando, o meu passageiro estava com pressa, aquela estrada é o caminho mais rápido entre as duas vilas. Enquanto ele falava, eu cobri o rosto com as duas mãos. Sentia dor de cabeça, meu rosto estava quente. Eu não sei onde o corpo foi encontrado, falei, eles não me disseram.

Eu não me dei conta de que era o seu marido, ele acrescentou mais que depressa. A estrada estava bloqueada e tinha um

144

carro da polícia lá, mas eu não vi o corpo — sem que eu quisesse, a imagem surgiu, as pernas sob a lona, os pés inclinados um para cada lado, enquanto Stefano continuava falando — mais tarde eu descobri quem era e foi um choque, ele foi meu passageiro umas duas ou três vezes, já estava há quase um mês aqui na vila. Abaixei as mãos. Foi um estranho momento de confirmação, tentei me lembrar o que Stefano havia dito sobre Christopher — quase nada, a não ser que ele sabia que eu estava esperando por ele. Stefano certamente não tinha dito que Christopher havia sido seu passageiro, que ele tinha viajado no banco de trás do seu carro como eu, como o fazia naquele exato momento. Mesmo assim, eu mesma não havia imaginado Christopher andando no carro de Stefano, ocupando o espaço ao meu lado, a possível sincronicidade apenas inquietante? Agora que Christopher tinha morrido, a ligação entre os dois começou de repente a parecer mais relevante, carregada de possível significação.

Será que Stefano tinha prestado serviços como motorista para Christopher antes de descobrir que ele havia dormido com Maria, ou depois, ou antes e depois? Talvez Christopher e Maria tivessem combinado de se encontrar no interior antes de Christopher voltar de cabo Tênaro para o hotel — era um lugar estranho para um encontro, mas não era impossível, uma caminhada pelo campo depois de uma viagem de carro — e Stefano tivesse seguido Maria até lá, visto o casal passeando junto e ficado enfurecido. E então, depois que Maria voltou com relutância para casa, Stefano pode ter saltado das sombras para atacar o homem que tinha virado a sua vida de pernas para o ar de forma tão inconsequente — pessoas perdiam a cabeça, e havia certa dúvida se o golpe fora desferido com a intenção de matar.

Stefano não parecia perceber que havia dito algo de errado. Quantas vezes ele havia transportado Christopher no carro dele, eu queria perguntar, e quando tinha sido a última vez? Talvez ele tivesse até pegado Christopher — Christopher, recém-saído dos braços da mulher não identificada de cabo Tênaro e já à procura de outros — na rodoviária local, embora Christopher nunca andasse de ônibus; não, essa hipótese era impossível. Stefano olhou para mim pelo retrovisor, tinha sentido que eu o observava. Desviei o olhar. Talvez Christopher tivesse esquecido o nome de Stefano, ou talvez tivesse lembrado e o cumprimentado na rodoviária hipotética, tendo sido lembrado do nome por Maria, que podia ter mencionado Stefano numa tentativa equivocada de provocar ciúme em Christopher, que, digo por experiência própria, nunca sentia ciúme. Talvez Christopher tivesse até telefonado para ele — graças a um cartão comercial, passado numa corrida anterior — e eles tivessem conversado durante o trajeto, talvez Christopher tivesse contado a Stefano detalhes da sua viagem, da sua excursão, do que viriam a ser os últimos dias da sua vida, sobre os quais nenhum de nós sabia de nada.

Stefano encarava a estrada, permaneceu em silêncio aquele tempo todo. Essa conjectura — ou seria fantasia a palavra mais honesta? eu não fazia ideia —me deixou esbaforida, de repente aquilo tudo me pareceu um simples arroubo da imaginação. Se Stefano fosse culpado daquele crime, de matar um homem, será que ele teria contado para mim — a viúva, a pessoa que deveria ser a mais interessada — que havia prestado serviços como motorista para Christopher, unindo ainda mais as histórias dos dois? Ou talvez aquilo tivesse sido uma reação nervosa; dizem que os culpados às vezes querem ser capturados.

Sentado no banco da frente, ele me pareceu de repente uma grandeza desconhecida, uma massa física de potencialidades. Eu sentia que ele era um homem capaz de violência, mas isso por si só não é nada, a maioria dos homens é capaz de violência, e a maioria das mulheres também. Havia algo de terrível em acusar falsamente um homem de assassinato, mesmo apenas na imaginação. Era uma especulação que contaminava tudo; uma vez plantada, a dúvida é algo quase impossível de dissipar, eu já sabia disso por causa da minha relação com Christopher, o casamento tinha morrido guiado pela minha imaginação. Mesmo assim, não consegui me conter. Inclinei o corpo para a frente e perguntei: Quando o Christopher foi seu passageiro? Nos primeiros dias dele aqui, só umas duas vezes. Depois ele não me chamou mais, não sei por quê. Ele respondeu de imediato, num tom de voz que soou absolutamente natural, franco. Falou como um homem que não tinha nada a esconder e depois não disse mais nada, deve ter pensado: Essa mulher está em estado de choque, é melhor deixá-la em paz, não há nada a dizer. Fiquei olhando para a nuca dele, para as suas mãos no volante, novamente me perguntando do que ele seria capaz, e então fui invadida por uma onda de emoção desarmada. O que quer que ele tivesse ou não tivesse feito, a vida dele havia sido desestabilizada pela chegada de Christopher. Senti de novo — era impossível negar, reconheci o sentimento de imediato — uma afinidade com aquele homem. O mesmo mecanismo de destruição havia atuado na minha própria vida, era algo que compartilhávamos. Fiquei em silêncio, nenhum de nós dois falou mais nada durante todo o resto do trajeto até o hotel.

Dois dias depois, no dia seguinte à chegada de Isabella e Mark, eu me encontrei com Isabella para tomar café da manhã. Quando cheguei, ela já estava instalada numa mesa na ponta da varanda, um lugar de onde se tinha uma ampla vista do mar. Estava de costas para mim, o corpo rígido, parecia uma estátua ou um entalhe, completamente imóvel, e, embora devesse estar cansada — quando ela se virou, eu vi que havia vincos em volta de seus olhos e de sua boca, que seu rosto delicado estava inchado de fadiga —, ela também parecia imune à ação do tempo, mumificada pela força da sua personalidade.

Espero que você não tenha me esperado muito.

Depois de um longo instante, ela respondeu — Não, não fez não, ou Não tem importância — e em seguida virou-se lentamente de frente para a mesa. Eu me sentei do lado oposto e pedi um café, vi que a xícara dela já estava vazia. O garçom perguntou se ela queria outro café. Ela fez que sim, sem olhar para ele. Só depois que o garçom se afastou foi que ela levantou a cabeça e olhou para mim.

Quero pedir desculpas pelo meu comportamento de ontem. Eu jamais devia ter dito aquelas coisas sobre o Christopher. O Mark ficou muito zangado comigo quando eu contei para ele.

Por um breve momento, percebi uma sombra de brejeirice no jeito dela, como se ela estivesse me convidando a imaginar a briga doméstica entre os dois, o teatro da sua deferência feminina diante da autoridade masculina do marido — Mark não era, até onde eu sabia, nenhum brigão — um breve instante em que ela esqueceu sua tristeza e se divertiu um pouco.

No instante seguinte a alegria já tinha desaparecido. Ela franziu o cenho, pousou as mãos entrelaçadas no colo. Suas maneiras eram cuidadosas, ela obviamente queria corrigir a impressão gerada pelas opiniões passionais que havia expressado no dia anterior e que agora aparentemente lhe causavam tanto remorso.

Aquilo tudo que eu disse não é verdade. E, de qualquer forma, você obviamente não sabia de nada.

Ela falou com ponderação, mas eu percebi mesmo assim que o que ela estava dizendo, sobre tudo aquilo que não era verdade e do que eu nada sabia, não fazia muito sentido (como eu poderia saber delas, se elas não eram verdade? O que haveria para eu saber? Ou será que ela queria dizer apenas que eu não tinha aquelas suspeitas infundadas, não tinha ouvido os falsos rumores?). Ela parecia cansada, com certeza não dormira muito bem. Desviei os olhos.

Não vamos mais falar sobre isso.

Isabella e Mark também tinham coisas a esconder, eu não era a única. O que era tão imperdoável, se eu não sabia de nada? Eu não sabia como falar para ela que as coisas que ela dissera tinham apenas confirmado o que eu já sabia, o que eu havia me forçado a não saber durante muitos anos, até que deixou de ser sustentável ou crível até para mim mesma. Seria possível apresentar alguns argumentos — que a monogamia é antinatural, com quase toda certeza é, mas por outro lado tem muita gente que consegue praticar a monogamia ou algo próximo dela, ou que no mínimo tenta. Será que Christopher também tinha tentado? Era possível, ou pelo menos não era impossível — mas não era mais hora de apresentar esses argumentos. Essa hora já tinha passado.

Isabella, de qualquer forma, não parecia estar se sentindo particularmente culpada, seu remorso não era uma emoção sincera ou duradoura. O garçom trouxe a nossa comida — uma enorme bandeja com torradas, suco de laranja, ovos pochés e bacon para Isabella, que comeu com uma voracidade espantosa. Eu achava que a tristeza poderia estragar o seu apetite, mas, como tantos ingleses, ela tinha uma constituição excelente e inabalável.

Fiquei sentada na sua frente enquanto ela consumia o que seria considerado uma farta refeição em qualquer circunstância e uma refeição definitivamente fartíssima dada a presente situação, seus dentes fortes triturando torradas, bacon e ovos. Ela passou delicadamente — a simulação de delicadeza depois de tamanha demonstração de apetite era absurda, mas condizia com a sua maneira de ser, tanto a simulação como a delicadeza — o guardanapo nos lábios e depois o pousou em cima da mesa. Quanto tempo você acha que eles vão levar para prender alguém?

Fiquei espantada com a pergunta. Até então, Isabella ainda não havia tocado no assunto da investigação criminal ou nem mesmo mencionado o fato de que o filho não tinha simplesmente morrido, mas sido morto, na verdade assassinado, e o vigor e a dureza na sua voz a faziam parecer ainda mais instável. Em geral, as pessoas só têm um fato indizível com que lidar em situações assim, qual seja, o fato da morte, mas nesse caso havia um elemento indizível adicional: a natureza violenta dessa morte, desse homicídio, desse assassinato.

Eu não sei.

O que disseram para você na delegacia sobre a investigação?

Percebi então que eu tinha esquecido de perguntar ao oficial de polícia sobre a investigação, não havia feito nem uma única pergunta. Era inexplicável, uma omissão eloquente, que eu não tinha como justificar, certamente não para Isabella. *Quanto tempo você acha que eles vão levar para prender alguém?* Pensei de novo em Stefano, que tinha razões para odiar Christopher e que o havia levado a lugares de carro, *umas duas ou três vezes* segundo ele próprio. Isabella iria querer não só justiça, mas também vingança, são sempre as mães que têm mais sede de sangue, e Isabella esperaria que eu, a esposa de Christopher, desejasse a mesma coisa.

Eles não puderam me dizer muita coisa, respondi. A investigação ainda está em andamento.

Eu sei disso, mas eles devem ter suspeitos.

Sem dúvida.

Mas nada que eles pudessem revelar a você.

Eu estava lá para identificar o corpo.

Ela respirou fundo e se recostou na cadeira. Estendi a mão para confortá-la. Seu braço era mais frágil do que eu esperava, Isabella gostava de usar mangas volumosas e extravagantes, você nunca via os braços, só as lindas mangas. Aquilo me pegou de surpresa; eu tinha a impressão de que poderia partir o cotovelo dela entre os meus dedos. Depois de alguns instantes, ela levantou a outra mão e segurou a minha.

Claro, minha querida. Isso deve ter sido horrível.

Horrível era uma palavra banal, mas ela a pronunciou com voz débil; eu tinha razão, teria sido uma crueldade pedir àquela mulher, que era mais velha do que aparentava, que identificasse o corpo do filho. Agora fui eu que fiquei com remorso, eu tinha invocado o corpo de Christopher para escapar de um confronto, o que era vergonhoso. Isabella pigarreou e tirou a mão de cima da minha, uma deixa para que eu recolhesse a minha também, o que fiz.

O Mark é útil nessas situações, qualquer homem se sairia melhor do que uma mulher — nós estamos na Grécia, afinal. Eles são terrivelmente machistas.

Ela agora estava solícita, até maternal. O meu evidente desconforto, que ela provavelmente atribuía à lembrança do corpo de Christopher, tinha de alguma forma a tranquilizado, como se fosse um alívio não ter que pensar nas suas próprias e turbulentas emoções.

Nós duas o amávamos, disse ela. Isso sempre será algo que nós compartilharemos, não importa o que aconteça.

Essa era uma declaração muito pessoal, mas ela não olhava para mim quando a fez, olhava por cima do meu ombro, como se estivesse vendo alguém se aproximar. Eu me virei — achei que podia ser Mark, ou talvez o garçom — mas a varanda estava vazia, ela mirava o vazio. Então, ela se virou de novo para o mar, ainda com a mesma expressão absorta que tinha no rosto quando falou do amor que nós compartilhávamos por Christopher, como se aquela fosse a expressão que ela considerava adequada para falar de amor, de amor e de Christopher.

Nós vamos precisar decidir o que fazer com o corpo.

Eu não queria usar a palavra *corpo*, mas não sabia de que outra forma falar — teria sido mórbido me referir ao cadáver como Christopher, o cadáver certamente não era Christopher, mas sim um objeto de carne e osso em decomposição, um objeto capaz de causar considerável horror, um *isso*. E, no entanto, a minha frase tinha uma aspereza que não me agradou, se houvesse eufemismos à minha disposição eu os teria usado de bom grado, todos eles, quantos fossem necessários. Isabela balançou a cabeça em sinal afirmativo.

O corpo — ela aceitou essa palavra desumanizadora, recorreu a ela como eu também tinha feito — vai ser enviado de volta para Londres, obviamente. Não me passa pela cabeça cremar e nem muito menos enterrar o Christopher aqui, qual seria o sentido? Aqui não é um lugar que tivesse nenhum significado especial para ele. Ele só por acaso estava aqui quando foi morto. Eu não tenho nenhuma intenção de voltar a pôr os pés aqui.

Nós vamos precisar ir até a delegacia. Há algumas formalidades.

Ela franziu o cenho.

Acho que a gente deve deixar o Mark resolver isso. Como eu disse, os gregos são muito machistas.

Naquele momento, Mark finalmente surgiu na varanda. Ele era um homem largo e bem impressionante, zeloso da própria aparência; mesmo agora, estava vestido como um típico inglês no estrangeiro, com roupas claras de linho e um chapéu de palha, como se estivesse ali basicamente para passar férias e, por acaso, buscar também o corpo do filho. Só examinando mais de perto — conforme ele atravessava a varanda em direção à nossa mesa — foi que a dor se tornou visível em seu rosto, e eu tive uma visão de Mark andando pelo apartamento deles em Eaton Square, arrumando mecanicamente sua mala para uma viagem que ele não poderia ter imaginado, muito menos previsto, um dia antes. Eu conhecia Mark o suficiente para saber que os aspectos práticos da tarefa teriam sido um conforto para ele. Ele devia ter verificado a temperatura em Gerolimenas pelo computador, não devia conhecer o lugar de antemão, teria precisado procurá-lo num mapa. Depois, teria tirado sua mala do armário e a posto em cima da cama, antes de pegar suas camisas, suas calças e seus casacos, roupa suficiente para pelo menos uma semana, porque ele ainda não sabia, àquela altura, exatamente o que o aguardava na Grécia.

Apesar da natureza de modo geral paciente de Mark, eu tinha a impressão de que a imensa diferença do modo com que os dois lidavam com a dor poderia facilmente abrir um abismo entre o casal. Conseguia imaginar a reação de Mark diante do sofrimento de Isabella, e ele poderia ter pensado ou até mesmo dito: Pelo jeito como ela se comporta, parece que o Christopher era filho só dela. E, então, uma velha e persistente dúvida poderia ter voltado à sua cabeça: não havia nenhuma semelhança física evidente entre Mark e Christopher, que era tão idêntico a Isabella que parecia ter brotado do ventre dela sem interferência de qualquer terceiro.

A questão levantava certas possibilidades, Christopher e até mesmo Mark tinham dito isso uma vez, e eu me lembro de ter pensado que era sorte de Isabella não existir nada parecido com testes de paternidade naquela época. Não que Mark fosse se submeter à indignidade de recorrer a indícios científicos — e Mark sempre havia amado Christopher, isso era óbvio logo à primeira vista. A situação era evidentemente ignorável, embora fosse possível que Mark não tivesse chegado a essa posição de imediato, pode ter havido um longo período durante o qual ele tenha cogitado em deixar Isabella, por mais inconcebível que isso pudesse parecer agora.

No entanto, mesmo depois de Mark ter se conformado com a vida que levava com Isabella — que teve apenas um breve acesso de fidelidade que durou até Christopher ter por volta de cinco anos, ou seja, a idade de notar —, eu tinha certeza de que essa possibilidade havia continuado a assombrá-lo, da mesma forma como assombrara Christopher, a única infidelidade que importava sendo aquela que poderia ter ou não gerado o filho. Mark não teria procurado sinais de uma ligação corrente, de uma traição no tempo presente, mas resquícios de um caso morto e enterrado havia anos, cuja possível comprovação vivia, respirava e crescia diante de seus olhos. Durante anos ele teria ficado à espera do telefonema, da batida à sua porta do homem cujo rosto enfim confirmaria a paternidade duvidosa de Christopher, outro homem subitamente visível nas feições do filho, a matriz de um rosto que, uma vez vista, jamais seria possível deixar de ver. Um homem que iria então... o quê? O que Mark teria temido?

Talvez simplesmente ser chutado para escanteio, como Isabella já havia feito com ele tantas vezes, como ela estava fazendo agora mesmo. Mas isso era uma suposição, a suposição de que a especulação fosse verdadeira. E nós não tínhamos como saber se era, Isabella jamais diria, a menos que viesse a fazer numa confissão no leito de morte — e Christopher não tivera um leito de morte, a morte o pegara, pegara a todos nós, de surpresa. Imaginei Mark invadido por mais uma onda de tristeza insuportável, parado no apartamento escuro. No fim, ele poderia ter pensado, não havia nada no mundo mais ralo, mais tolo do que a infidelidade.

Nada disso, porém, podia ser confirmado ou nem mesmo vislumbrado no rosto de Mark enquanto ele vinha andando em direção à nossa mesa, com seu chapéu de palha na cabeça — ele parecia apenas cansado, indisposto, levemente mal-humorado. Eu me levantei para cumprimentá-lo e ele deu tapinhas no meu ombro, de um jeito afável, mas distraído, antes de se sentar ao lado de Isabella.

Sinto muito, nós já comemos, disse ela.

Não tem importância. Não estou com fome.

Peça alguma coisa mesmo assim. Você precisa se manter forte.

Ele a ignorou, mas começou a examinar o cardápio com uma expressão emburrada. Não, a morte de Christopher não havia feito as fissuras do relacionamento dos dois desaparecerem ou nem mesmo se ocultarem temporariamente. Ao longo dos anos, eu havia percebido que eles tinham uma capacidade alarmante de serem grosseiros um com o outro, mesmo na presença de outras pessoas, o que provavelmente significava que essa grosseria atingia níveis extremos quando estavam a sós. Mark pousou o cardápio e fez sinal para o garçom, que veio de pronto — Mark tinha esse efeito na maioria das pessoas, embora não em Isabella. Ela fungou e virou de novo o rosto na direção do mar.

Pedi um táxi para nos levar à delegacia, disse Mark, depois que o garçom se afastou. Precisamos começar a tomar as providências necessárias.

Eu não quero ir, querido, disse Isabella. Certamente não há necessidade.

Ele a encarou por longos instantes, como se estivesse fazendo algum cálculo interno, depois balançou a cabeça e disse: Está bem. Virou-se para mim. Você vai comigo? Ou eu vou sozinho? Não me importo de ir sozinho.

Do outro lado da mesa, vi que ele tinha errado ao abotoar a camisa, de modo que o tecido estava formando uma prega no meio da abertura da camisa, um lapso estranho num homem tão cuidadoso com sua aparência e uma pista do quanto ele estava abalado, não devia nem ter se olhado no espelho antes de sair do quarto. Fiquei constrangida, era como se aquele homem tivesse atirado os braços em volta do meu pescoço e começado a chorar.

Mark acenou com a cabeça para o garçom quando ele lhe trouxe o seu café e pousou uma pequena jarra de leite morno e um açucareiro em cima da mesa.

Eu vou com você à delegacia, eu disse.

Ele levantou a cabeça, surpreso.

Está bem, disse ele. Ótimo. Obrigado.

A prega ficou maior ainda quando ele se inclinou para a frente para tomar o café, segurando a xícara com as duas mãos. Mark tinha mãos grandes e bonitas, finas mas ainda assim masculinas, mãos que, na verdade, faziam lembrar as de Christopher, pensei. Isabella não reparou nas mãos de Mark, imagino que ela tenha tido uma vida inteira para reparar nelas.

O que você vai fazer enquanto estivermos fora? Mark perguntou a ela.

Ela deu de ombros e depois soltou um pequeno suspiro, como se dissesse: tem muita coisa para providenciar. E era verdade sem dúvida; eu já havia lhe dito, quando ficou claro que ela queria assumir o controle dos preparativos para o funeral, que ela tinha toda a liberdade para fazer isso. Isabella tinha aparências a manter em Londres, ao passo que eu não estava nem um pouco preocupada com isso. Ela dera tapinhas na minha mão de novo e disse que achava mesmo que era melhor assim, que eu estava abalada demais para assumir uma tarefa dessas e que, além do mais, eu não conhecia as pessoas com quem teria que entrar em contato, seria muito mais fácil se ela fizesse isso.

Eu sou mais velha que você, ela disse. Infelizmente, eu já tenho experiência em organizar esse tipo de coisa.

E, então, ela havia ficado alguns instantes em silêncio, talvez se lembrando de amigos ou parentes recém-falecidos, do telefonema que trouxera a má notícia, talvez às vezes a notícia viesse em segunda mão — um sussurrado *você se lembra do fulano*, um obituário no jornal — de qualquer forma, a partir de certa idade, a morte estava sempre cercando você. Mesmo que fosse apenas um ator de que você se lembrava vagamente de ter visto em algum filme e que, de acordo com o artigo do jornal, tinha dois anos a menos que você quando morreu. No entanto, você jamais esperaria que o seu próprio filho morresse. Isabella estava de tocaia, vigiando a morte, mas olhava na direção errada; a morte veio pelas costas.

Você precisa fazer com que eles liberem o corpo, Isabella estava dizendo para Mark. O mais rápido possível.

Imagino que eles vão liberar o corpo assim que estiverem prontos para liberar o corpo, ele respondeu. Eles já fizeram a autópsia? Havia um ferimento na cabeça, disse Mark.

Para! Isabella exclamou, tapando os ouvidos num gesto infantil e, ao mesmo tempo, ofensivo; aquilo certamente não era hora para gestos teatrais como aquele. Mas ela tinha razão em tapar os ouvidos: se fosse informada dos detalhes da morte do filho, haveria o perigo de que isso se tornasse o aspecto preponderante não só da morte, mas da vida de Christopher também. Tudo o que havia acontecido antes — todas as lembranças que ela guardava do filho quando criança, da inteligência, da exuberância, do charme de Christopher, que mesmo quando criança já conseguia dobrá-la com ele — tudo isso iria desbotar, iria empalidecer diante da indiscutível peremptoriedade do ferimento no seu crânio, a violência muda que silenciou todo o resto.

O mais rápido possível, ela repetiu, abaixando as mãos. E nós vamos levá-lo de volta para a Inglaterra. Uma das piores coisas de toda essa — ela fez um longo gesto com a mão no ar, in-

dicando a mesa do café da manhã, a varanda, o mar e o céu —
situação é o fato de o corpo dele estar numa delegacia de polícia
estranha, na zona rural da Grécia. Vai ser melhor, eu vou me
sentir melhor, depois que o corpo dele estiver a salvo em casa.
A salvo em casa, e depois? Mas essa não era uma pergunta
que eles pudessem entender, o caminho que Isabella e Mark
trilhariam estava claramente demarcado, por mais sofrido que
fosse. A dor da perda tem um percurso familiar, e, embora seja
fácil acreditar que a sua própria dor é única, no fim ela é uma
condição universal, não há nada de singular no luto. Isabella e
Mark voltariam para casa com o corpo do filho e chorariam por
ele, pela sua morte antinatural e pela sua vida breve demais. Mas
o que eu faria? Como e por quem — marido, ex-marido, amante,
traidor — eu iria sofrer?

10.

Stefano saiu do carro. Estava usando uma camisa social e não tinha feito a barba. Sua expressão, quando nos cumprimentou, era educada e um tanto tímida, e ele parecia, sob a luz ofuscante do sol, totalmente inofensivo, o que fez com que as minhas suspeitas do dia anterior ficassem parecendo de repente nada menos que absurdas. Notei, pela primeira vez, que ele era um homem pequeno, mais baixo e mais franzino do que Christopher. A evidente intensidade das emoções dele o havia transformado numa figura maior do que ele era de fato; na verdade, Christopher o teria dominado fisicamente com facilidade.

Mesmo assim, enquanto estávamos parados na frente do hotel e eu cumprimentava Stefano, senti Mark se retesar ao meu lado. *Esse é o tipo de homem que matou o meu filho*, era o pensamento que eu tinha a certeza de que estava passando pela sua cabeça. Quando Stefano abriu as portas do carro para nós, a aversão de Mark pareceu aumentar. Apresentei os dois homens. O semblante de Stefano ficou ainda mais grave, como se ele olhasse para Mark e visse não só um estrangeiro preconceituoso —

embora também devesse ter percebido isso, Mark apertou a mão de Stefano com uma expressão que combinava desdém e receio, impossível de confundir —, mas o pai do seu rival.

Será que havia, afinal, alguma semelhança entre os dois homens, entre Mark e Christopher? As pessoas sempre diziam que não, mas a impressão que os dois passavam não era muito diferente. Eles tinham a mesma confiança, a mesma desenvoltura, o mesmo ar de quem se acha merecedor dos privilégios de que desfruta; talvez, para Stefano, todos os ingleses parecessem ser assim. Ele fechou a porta depois de entrarmos e foi se sentar no banco do motorista. Ao se acomodar, olhou para Mark pelo retrovisor com uma expressão cautelosa, como se acreditasse que o pai pudesse agora roubar as afeições antes conquistadas pelo filho.

Mark o ignorou, olhando pela janela com uma expressão petrificada de desprezo, enquanto o carro seguia pela estrada, deixando a vila para trás. Foram os incêndios que fizeram isso?, ele perguntou. Eu fiz que sim. Ele sacudiu a cabeça e depois ficou olhando fixamente para a frente. Uma vez que tivéssemos ido embora, ele jamais voltaria a Mani, era provável que jamais tornasse a pôr os pés na Grécia. O país inteiro seria uma zona morta para ele, contaminado por aquele único incidente, como tinha sido para Isabella. Ele olhava para a terra crestada, sem dúvida fazendo um esforço enorme para não declarar aquele lugar um inferno e se mandar dali.

Essa impressão não poderia ter se modificado quando chegamos à delegacia, que estava mais movimentada do que no dia anterior, mas não havia perdido o ar de apatia. Havia pessoas na sala de espera que pareciam estar ali fazia horas, se não dias. Um homem com um ferimento aberto na cabeça estava sentado em silêncio num canto, devia estar ali para denunciar um crime, talvez outro roubo; em circunstâncias diferentes Christopher poderia ter chegado à delegacia num estado semelhante. Mark olhou para o homem ferido, o fantasma do filho, estremeceu e virou o rosto para o outro lado.

Stefano ficou do lado de fora, com o carro. Tinha insistido em nos esperar — um gesto atencioso de sua parte, que Mark pareceu interpretar como algo ameaçador ou interesseiro. Stefano se postou ao lado do carro enquanto Mark se dirigia à delegacia, em silêncio. Quando eu passei, Stefano olhou para mim com uma expressão de súplica muda e alguma outra coisa que não consegui identificar, uma expressão que me deixou inquieta. Ao entrarmos na delegacia, Mark perguntou por que nós não podíamos simplesmente chamar outro táxi quando saíssemos, dizendo que custaria uma fortuna manter aquele motorista esperando e que, de qualquer forma, ele não sabia se tinha ido muito com a cara daquele sujeito. Fui poupada de ter que responder pela chegada do delegado, um homem que eu não tinha visto antes e que se apressou em nossa direção quando viu Mark — Isabella estava certa.

Ele se apresentou — falando para nós dois, mas se dirigindo a Mark — e expressou os seus pêsames, que Mark dispensou com impaciência abanando a mão. Fazendo um gesto largo com o braço e enunciando um educado *Por favor*, o delegado nos conduziu até a sala dele. Mark se sentou sem ser convidado e o delegado perguntou se aceitávamos um café ou um copo d'água. Mark fez que não com a cabeça, enquanto sacudia partículas invisíveis de poeira de sua calça, um pequeno gesto que indicava insatisfação. Ao mesmo tempo, suas mãos tremiam, e ele logo começou a passar os dedos compulsivamente, para cima e para baixo, pela costura da calça.

O delegado se sentou atrás de sua mesa e entrelaçou as mãos. Os olhos voltados para os dedos trêmulos de Mark.

Vamos liberar o corpo hoje. Imagino que vocês pretendam levá-lo para Londres, não?

Mark fez que sim.

Será preciso embalsamar o corpo para que ele possa sair do país. É uma exigência das companhias aéreas. Há uma funerária em Areópoli... Ele escreveu um nome e um número num pedaço de papel e deslizou o papel até o outro lado da mesa. Kostas provavelmente pode ajudá-los.

Kostas...

O recepcionista do seu hotel.

Mark pegou o papel, ficou olhando para ele por alguns instantes e depois o dobrou ao meio.

Eu já informei à embaixada britânica. Eles vão fazer um inquérito.

Claro. Eles em geral fazem, em casos assim.

O que você pode me dizer sobre a investigação?

O delegado se recostou na cadeira, olhou rapidamente para mim antes de se voltar para Mark.

Nós sofremos cortes terríveis no nosso orçamento nos últimos anos. As questões com o governo central estão se aproximando de um estado de emergência, imagino que vocês tenham lido notícias a esse respeito nos jornais.

Eu não sei o que isso tem a ver com a morte do Christopher.

O delegado balançou a cabeça em sinal positivo.

Isso não tem nada a ver com a morte do seu filho, mas tem muito a ver com a investigação da morte do seu filho, quer dizer, com as nossas chances de prender a pessoa — imaginamos que tenha sido um homem, mas claro que também pode ter sido uma mulher e, na verdade, pode ter sido até mais de uma pessoa — que matou o seu filho.

Ele suspirou e se inclinou para a frente.

Pessoas desaparecem, pessoas são até assassinadas, e muitas vezes o culpado nunca é encontrado. Esta sala — ele fez um gesto indicando os armários de metal encostados na parede — está cheia de casos não resolvidos. Investigações que são encerradas sem uma solução satisfatória. Lamentavelmente, o nosso histórico não é dos melhores.

Isso não pode acontecer com a morte do Christopher.

Eu gostaria de ter chegado à cena do crime mais cedo do que cheguei, mas infelizmente eu estava em Atenas, visitando a minha família. Até o momento, não temos sequer um suspeito. Em geral, quando um marido morre, você olha para a esposa, mas neste caso...

Ele inclinou a cabeça na minha direção, depois continuou.

Claro que ainda não se passou muito tempo desde que o seu filho foi morto, então, em muitos aspectos esta conversa é prematura. Vamos fazer o melhor que pudermos. É do nosso próprio interesse. O senhor pode imaginar, um estrangeiro rico encontrado morto na rua, isso é uma coisa que faz as pessoas se sentirem inseguras. Corriam boatos de que havia uma mulher envolvida...

Mark se encrespou na cadeira. Seu rosto ficou vermelho quando eu me virei para olhá-lo, e me dei conta de que ele não estava indignado apenas porque o delegado havia aventado diante de mim, a traída, a hipótese de Christopher ter sido infiel. A ideia da infidelidade de Christopher devia tê-lo feito lembrar a falta de lealdade da própria Isabella, como se isso fosse um traço herdado e, portanto, de alguma forma tanto inevitável como predeterminado — não só a infidelidade de Christopher como aquela situação e, por extensão, a sua morte.

... mas nós não conseguimos descobrir nada que confirmasse esses boatos, apesar de termos entrevistado todos os prováveis suspeitos. Um marido ciumento poderia ser a solução do caso para nós. Infelizmente, isso não aconteceu e, ao que parece, não há nenhuma relação entre o assassino e o seu filho.

Foi imaginação minha ou o corpo de Mark relaxou nesse momento? Como se o seu filho lhe tivesse sido restituído. Eu me virei de novo para olhar para Mark, mas ele não se mexeu nem retribuiu o meu olhar, era como se eu não estivesse ali. Depois de uma breve pausa, o delegado continuou.

Eu só estou tentando lhe dar o quadro completo do caso. Não sei se o senhor pretende ficar aqui em Mani, mas preciso dizer que não imagino que essa questão seja resolvida em breve. Caso haja qualquer tipo de avanço nas investigações, nós obviamente informaremos ao senhor de imediato. Ele fez outra pausa. Por ora, acho que o senhor deve voltar para a Inglaterra, com o seu filho.

Por um breve momento, os ombros de Mark se encurvaram — eu quase perguntei se ele estava bem — mas depois ele se endireitou e perguntou se eu podia deixar os dois a sós. Eu me levantei e fiz que sim, disse que ficaria esperando na antessala. Sem se virar para olhar para mim, Mark disse que não ia demorar. Parei perto da porta por um momento, hesitando, mas nenhum dos dois olhou para mim.

Fiquei observando os dois homens sentados de frente um para o outro. Eu ainda não tinha dito nada sobre Stefano para a polícia; talvez não um marido, nem um amante com ciúmes, mas um amigo, um homem ciumento pudesse ser a solução do caso para nós, eu sabia que Stefano tinha razão suficiente para sentir ciúmes. Mas não me parecia possível falar disso na frente justo de Mark, que teria recebido a minha suspeita principalmente como uma acusação contra o filho dele, o que talvez ela fosse de certa forma — Christopher não estava, afinal, isento de culpa nessa versão hipotética.

E ciúme por si só não era o mesmo que culpa. Bastaria apenas um pequeno gesto da minha parte — a revelação de um receio, que talvez não fosse o receio de que o motorista tivesse matado o meu marido, mas sim de que as traições de Christopher fossem ainda mais longe e mais fundo, de que elas continuassem a se revelar até bem depois de sua morte — para arruinar a vida de um homem. Uma coisa dessas não podia ser tratada com leviandade. Fiquei parada perto da porta, não conseguia nem confirmar para mim mesma o que exatamente eu achava que sabia. Christopher tinha dormido com Maria, mas, por outro lado, era provável que ele tivesse dormido com várias outras mulheres ali em Mani, podia haver vários homens na mesma posição que Stefano, eu não tinha nada além de uma vaga suspeita.

Voltei para a sala de espera. Pela primeira vez, eu estava consciente de ser viúva, de não dispor da proteção de um homem, uma sensação totalmente atávica. Ali, na antessala daquela delegacia grega, eu me senti de repente irrelevante para o funcionamento do mundo, quer dizer, do mundo dos homens; eu havia me tornado invisível, plantada no limiar daquela porta. Resolvi me sentar numa das cadeiras de plástico. O homem com o ferimento na cabeça tinha desaparecido e me ocorreu então como era estranho que ele tivesse ido para a delegacia sem antes tratar do ferimento, ele devia ter ido a um hospital ou a um médico, mas talvez não houvesse um hospital nas redondezas ou talvez fosse necessário dar queixa primeiro, com certeza você seria mais convincente ao prestar queixa se estivesse com um sangramento na cabeça. Pena que Christopher não havia tido a chance de fazer o mesmo.

Mesmo assim, sentada ali, mesmo sentindo a injustiça essencial da morte dele — talvez todas as mortes sejam injustas, mas algumas são mais —, eu não conseguia imaginar um desenlace como o que o delegado havia aventado, só para negar em seguida: a revelação de um marido ou namorado ciumento, alguém na posição de Stefano, um homem em busca de vingança. A ideia era execrável, não só porque expunha a infidelidade do próprio Christopher, mas porque era claramente absurda, a imagem de um homem que tinha sido corneado, dominado por um impulso assassino, um homem assim teria levado uma faca ou uma arma, não teria planejado matar logo com uma pedra.

Não, era quase certo que tivesse sido o que parecia desde o início: um roubo, uma morte besta, uma morte simples. Eu achava provável, porém, que Mark conseguisse convencer o delegado de que era preciso encontrar um culpado, ele iria forçar a situação, não era isso que costumava acontecer em casos assim? Eu estava prestes a me levantar e voltar para a sala quando Mark apareceu. Estava com uma cara horrível e disse apenas: Vamos embora. Fui andando atrás dele e saímos da delegacia. Quando já estávamos dentro do carro e antes que eu pudesse impedi-lo, Mark disse: Eles vão continuar investigando, mas eu não tenho muita esperança. Ao que parece, eles não têm nenhuma pista, nem uma única pista. Não sei como vou contar isso para Isabella, não sei o que ela vai fazer.

Stefano nos observava. Eu tinha sentido que ele estava ouvindo a nossa conversa; assim que o meu olhar encontrou com o dele pelo retrovisor, seus olhos piscaram e imediatamente se voltaram de novo para a estrada, mas não antes que eu pudesse ver os sinais de alguma emoção complexa passarem pelas suas feições e não antes que Mark o visse também. De repente, Mark se inclinou para a frente e gritou: Por que você está ouvindo? Por que você está escutando a nossa conversa? O que o meu filho tem a ver com você?

Segurei o braço de Mark e ele voltou a se recostar no banco e logo começou a chorar, repetindo: Eu não sei o que a Isabella vai fazer, eu não sei o que ela vai fazer. Abracei-o o melhor que pude, ele era um homem grande e o carro estava sacolejando na estrada esburacada. Ele segurou a minha mão enquanto continuava a chorar, com os meus braços em torno dele. Ergui o olhar e novamente encontrei com o de Stefano no espelho, nós nos fitamos por longos segundos e então ele voltou a observar a estrada à sua frente.

Como está a Maria? perguntei.

Embora ele não tenha olhado para mim, eu vi pelo seu reflexo no retrovisor que a pergunta lhe causara um sobressalto. Ela está bem, ele disse depois de alguns instantes, está tudo bem. Ele ainda parecia apreensivo, tinha sido pego de surpresa. Continuei a observá-lo pelo espelho, mas ele não retribuiu meu olhar, focava apenas na estrada à sua frente, que talvez exigisse mesmo a sua atenção, o asfalto estava em péssimas condições.

No fundo, Stefano devia saber que Christopher era apenas a manifestação externa — como ectoplasma saindo da boca de um médium — do impasse mais profundo e bem mais difícil de lidar que existia entre ele e Maria, o problema do seu amor não correspondido. Continuei a observá-lo, enquanto deixávamos a vila para trás e seguíamos rumo ao hotel, o corpo de Mark pesando nos meus braços. A que se devia o alívio que eu tinha visto no rosto de Stefano, quando ele estava ouvindo Mark falar, seria ao fato de que não havia nenhum suspeito, de que os indícios eram parcos, de que o caso parecia uma rede cheia de buracos, pelos quais ele ainda poderia escapar? Será que, enquanto nos levava de volta ao hotel, ele estava sentado no banco da frente saboreando a sua sensação de alívio — a polícia não tinha nenhuma pista, não sabia sequer que Maria havia se encontrado com Christopher logo antes de ele morrer — e a sua esperança de ainda ser um homem livre?

Um homem livre. Que em breve voltaria a fazer a sua lenta corte e que de novo tinha todo o tempo do mundo. Maria iria precisar de consolo, e Stefano estaria em posição ideal para oferecê-lo. Se fosse inteligente, Stefano se absteria de falar mal de Christopher (*aquele canalha, ele teve o que mereceu*) e seria, ao contrário, generoso, sensível, compassivo ao extremo (*que coisa terrível e inconcebível, um homem no auge da vida, não, eu não desejaria uma morte dessas a ninguém).*

E, se fosse paciente, se não fosse insistente demais (como era seu hábito, esse era o seu defeito fatal, mas talvez ele tivesse aprendido um pouco com a experiência), Maria acabaria recorrendo a ele. Porque por mais efêmero que tivesse sido o caso com Christopher — e, até onde eu sabia, eles não tinham passado mais do que uma ou duas noites juntos — a morte dele certamente teria deixado um buraco na vida de Maria. Onde antes havia a fantasia de um amor, de uma possibilidade de escapar, a excitação de um homem desconhecido, agora não havia nada, e uma mulher só consegue acalentar uma fantasia por um certo tempo, principalmente uma fantasia morta.

E então haveria espaço para Stefano. Talvez nem demorasse tanto assim — depois que você toma uma decisão, se Maria viesse a tomar uma, as coisas progrediriam muito rápido, talvez fosse por isso mesmo que ela relutasse tanto, por saber que, uma vez que se rendesse a Stefano, o resto da vida dela se delinearia num instante, o futuro inteiro traçado e conhecido. Ela era jovem, era muito natural que lutasse contra tamanha certeza.

Quer Stefano fosse culpado ou inocente, eu sabia que ele estava sentado na nossa frente numa agonia de expectativa, agonia essa que ele estava penando para esconder. Tinha esperanças em relação ao futuro, ou melhor, tinha uma única esperança, que ainda poderia se revelar vã. Mas a concretização dessa esperança estava mais próxima do que nunca, quase, quase ao seu alcance, um fato do qual ele não tinha como não estar consciente, e então lá estava ele sentado no carro, tentando manter o devido ar fúnebre — afinal, havia um homem adulto chorando no banco de trás — enquanto uma sinfonia de excitação retumbava dentro dele. Ele estendeu um braço para trás oferecendo um lenço de papel, que aceitei em silêncio e passei para Mark. Mark assoou o nariz no lenço e disse, para mim, para Stefano: Obrigado.

Deixei que Mark fosse contar as notícias para Isabella. Ele foi subindo a escada bem devagar — se subisse devagar o bastante, talvez nunca chegasse ao topo, nunca tivesse que ficar cara a cara com a esposa —, era evidente que estava morrendo de medo de falar com Isabella sobre a investigação, ou melhor, sobre a falta de investigação, a coisa toda já completamente estagnada, que ele temia a reação dela, temia que ela fizesse uma cena, ficasse histérica. Ela com certeza não iria receber passivamente aquela notícia, ia espinafrar Mark, o alvo mais próximo e mais óbvio, insistindo que ele se aprofundasse na questão (Lady Macbeth, recriminando seu senhor) e, no entanto, Mark tinha dito: Não há nada a fazer. E eu acreditei nele.

Mas será que tudo já tinha sido feito, tudo mesmo? No meu quarto, hesitei durante algum tempo, mas depois peguei o telefone e liguei para a delegacia. A minha ligação foi passada para o delegado imediatamente — eu não tinha me identificado, não havia necessidade, eles sabiam quem eu era, não havia tantos americanos assim ali — e ele atendeu com um cauteloso Sim? Eu disse a ele que sabia de uma informação, que podia ou não ser relevante, mas, como eles estavam à procura de uma mulher, de sinais de um caso, ou tinham estado...

Sim?

Ele estava ficando impaciente. Eu abri a boca, mas não falei nada. Sim?, ele repetiu. Num rompante, eu disse a ele que Christopher tinha sido visto com outra mulher no cabo Tênaro. Talvez minha voz tenha falhado, ou eu tenha soado envergonhada. Ele me perguntou por que eu não havia lhe contado isso antes, e eu disse que não quis contar na frente do pai de Christopher. Ele tem ilusões a respeito do filho que devem ser preservadas, ilusões que eu não tenho mais. O delegado ficou em silêncio por um momento e depois disse: Sei.

Mas não se preocupe, ele continuou, nós já sabemos dessa mulher, foi uma amizade casual, ele a deixou lá, no cabo Tênaro, onde ela ficou. Não existe marido, nem irmão, nem pai, e a mulher em si tem um álibi perfeito, ela estava com outro homem. Fiquei calada. Os policiais eram mais competentes do que davam a entender, o que, em vez de aumentar, diminuía as chances de o caso vir a ser resolvido — havia menos caminhos inexplorados, menos possíveis soluções. Mas o que me chateou foi a súbita revelação de informações a respeito da mulher, mais uma amante de Christopher, que até aquele momento havia se mantido completamente abstrata para mim, mas agora estava em vias de se tornar concreta. Só o que eu precisava fazer era perguntar e eu ficaria sabendo mais sobre ela, talvez até o seu nome; sem fazer nenhum esforço para isso, eu já sabia que ela não era casada, não tinha pai nem irmão, que morava no cabo Tênaro e era promíscua, pelo menos de acordo com certos padrões.

Crime passional é uma coisa que só existe nos livros, e, embora o seu marido — o delegado hesitou — pareça ter se envolvido com a população local, eu não creio que isso seja nada diferente do que parece ser.

Existiram outras, eu disse.

Houve um longo momento de silêncio.

Sei, ele disse por fim. Mas repito: não acredito que isso seja nada diferente do que parece ser.

Desliguei o telefone pouco depois. Assim que pus o fone no gancho, uma luz vermelha começou a piscar no aparelho. Peguei-o de novo, havia um recado de Yvan, pedindo que eu ligasse de volta para ele. Disquei o número dele, que atendeu de imediato.

O que está havendo? Eu deixei três recados pra você.

Desculpe.

Está tudo bem?

Está. A Isabella e o Mark estão aqui, eu tenho tido muita coisa pra fazer.

Claro.

Acho que a gente vai voltar pra Londres muito em breve.

E a investigação?

Eles não acreditam que vão encontrar o assassino.

Como assim?

Eles não têm nenhuma pista. Não têm suspeitos, nem nenhum indício significativo. O delegado praticamente nos disse que a investigação está empacada, que é melhor a gente não ficar com muita esperança.

Yvan não disse nada e eu continuei: De certa forma seria mais fácil se a gente nunca viesse mesmo a saber quem é o assassino, se o Christopher tiver sido só uma vítima da circunstância e a gente puder dizer: foi culpa da situação.

Eu parei de falar, mas Yvan continuou em silêncio.

Você ainda está aí?, perguntei, inquieta.

Estou, ele respondeu. Eu ainda estou aqui.

Ah, tá.

Continua.

Eu não tenho mais nada pra dizer.

O que você vai fazer?

Não cabe a mim decidir, acho.

Você é a viúva, disse Yvan. Você era mulher dele.

Eu fiquei calada.

Você não contou pra eles, contou?

Como é que eu podia contar?

E você vai contar? Será que isso ainda importa?

Sei lá.

Legalmente você é a esposa dele.

Legalmente, de acordo com um conjunto de leis, mas de acordo com outro...

Que outro?

Eu estou falando das nossas próprias leis internas, de tentar fazer o que é certo.

E de acordo com essas leis...

Eu estou deixando a Isabella e o Mark tomarem as decisões, embora sem permitir que eles desconfiem que eu não seja mais a mulher do Christopher, a viúva dele.

Porque eles ficariam magoados, é isso?

Porque eu... porque nós podemos fazer isso por eles, imagino. Eles têm certas ilusões que eu acho que seria bom permitir que eles preservassem — eu usei essa frase de novo — já que tantas outras foram arrancadas deles, como a ilusão de que pais jamais vão precisar enterrar um filho.

Isso é por causa do Christopher?

Como assim?

Eu estou perguntando se você está fazendo isso pelo Christopher, não pela Isabella e pelo Mark. Isso tudo é por causa do Christopher? Yvan ficou calado por um instante. O Christopher morreu, os compromissos da promessa que você fez a ele não se aplicam mais.

Fiquei em silêncio. Lá fora, um grupo de homens estava sentado numa das tabernas, de frente para o mar. Devia ser mais tarde do que eu pensava, o sol estava começando a se aproximar do mar e os homens bebiam, talvez já há algum tempo. Eles estavam bem longe, longe demais para que eu pudesse distinguir suas feições — de qualquer forma, era improvável que eu reconhecesse algum deles, só tinha visto um número muito pequeno de pessoas na vila, eu ainda era uma estranha ali. Mas dava para ouvir o som de suas risadas, eles obviamente estavam se divertindo.

Você está aí?

Estou, respondi.

Ele tinha razão, claro. Em *O coronel Chabert*, a novela de Balzac sobre um marido que volta do reino dos mortos — uma obra que eu havia traduzido, embora não com particular sucesso, eu não tinha conseguido encontrar o registro certo para captar a densidade peculiar da prosa de Balzac; em geral, eu traduzo ficção contemporânea, algo completamente diferente —, o coronel do título é tido como morto nas Guerras Napoleônicas. Sua mulher logo se casa de novo, ela acredita que de forma legítima, tornando-se a condessa Ferraud. Então o coronel volta, praticamente do reino dos mortos, desestruturando por completo a vida dela, e é aí que a narrativa começa.

Embora a história apresente o coronel de modo favorável — a condessa é a vilã da história, até onde se pode dizer que existam vilões nessa história, sendo retratada como uma mulher imatura, manipuladora e superficial — enquanto trabalhava na tradução, eu me peguei me compadecendo cada vez mais da condessa, a ponto de começar a me perguntar se esse sentimento estaria influenciando a minha tradução, se eu estaria sendo parcial na escolha de palavras sem me dar conta. Claro que esse sentimento de compaixão poderia não ser tão equivocado, poderia ter sido intenção de Balzac, o exato efeito que ele desejava provocar no leitor: afinal, que sina terrível era ser infiel, cometer bigamia sem ter consciência disso, estava tudo no próprio texto.

Talvez tenha sido por causa dessa preocupação — que está, afinal, ligada à questão da fidelidade, tradutores estão sempre preocupados em ser *fiéis ao original*, uma tarefa impossível já que existem várias maneiras de ser fiel e essas maneiras muitas vezes são contraditórias, há a fidelidade literal e há a fidelidade *ao espírito*, uma expressão que não tem um significado concreto — que pensei em Chabert agora. Nesse caso, não foi a chegada ines-

173

perada do marido, mas sim a sua partida inesperada que provocou uma crise de fé, a morte mais do que a vida trazendo novamente o relacionamento indesejado, a reabertura de algo que antes se pensava estar encerrado. Não era isso que Yvan temia, que nós naufragássemos sob o peso desses escombros? A fronteira entre a morte e a vida não é impenetrável, pessoas e questões persistem. O retorno de Chabert é essencialmente o retorno de um fantasma — Chabert é o único que não se dá conta de que é um fantasma, de que não pertence mais ao reino dos vivos, e essa é a sua tragédia — um fantasma, ou melhor, um *homo sacer*: um homem sem posição aos olhos da lei. Chabert está legalmente morto; o personagem central do livro, depois de Chabert e de sua esposa traidora ou viúva, é Derville, um advogado (o conde Ferraud — Yvan no caso presente — mal aparece no texto).

No entanto, embora vivamos sob a ilusão de que o comportamento humano seja regido por uma única lei — um padrão ético universal, um sistema jurídico unificado —, na verdade existem várias leis, era isso que eu estava tentando dizer a Yvan. Não era esse também o caso em *Billy Budd*? O capitão Vere fica dividido entre duas leis, a lei marcial e a lei de Deus. Não há como escolher certo e ele acaba sendo assombrado pela morte de Billy Budd, sendo *Billy Budd* justamente as últimas palavras do capitão moribundo (isso, no romance; a ópera — o libreto escrito por E. M. Forster — deixa que Vere permaneça vivo, tendo Forster e Britten optado por evitar o clichê operístico de fazer mais um cantor cair morto no último ato).

Só quando Chabert reconhece que sua posição legal é diferente da sua realidade de homem vivo — que ele nunca será nada além de um fantasma para a condessa, assombrando os vivos quando não deveria —, só quando reconhece a multiplicidade de leis que governam o nosso comportamento é que ele deixa que o releguem a um asilo ou hospício e finalmente aceita seu status de *homo sacer*. Chabert abre mão justo dos direitos que havia contratado Derville para recuperar, ou seja, o reconhecimento legal de seu status como coronel e marido, e mergulha no anonimato, saindo tanto do alcance como do reconhecimento da lei; Chabert deixa de existir.

Mas claro que não havia como invocar Christopher para que ele morresse uma segunda vez. E a lei continuava perfeitamente disposta a declarar válido o vínculo entre mim e ele. Nós éramos casados, não havia como ter dúvida a esse respeito, e, no entanto, não éramos, da mesma forma como o coronel e a condessa não eram, não importava o que o advogado Derville pudesse desencavar ou provar. Então, apesar das óbvias diferenças — a vida raramente encontra seu retrato exato num romance, isso está longe de ser o propósito da ficção —, havia uma semelhança entre as duas situações, uma ressonância que era fruto do hiato, presente em ambas, entre a letra da lei e a realidade privada. A dúvida era qual seguir, qual proteger.

Deixa pra lá, disse Yvan. Não é hora de falar sobre essas coisas.

Um dos homens tinha se levantado de sua cadeira na frente da taberna e se plantado na beira da barragem, com os braços estendidos e segurando no alto um tipo de copo. Os outros homens o incentivavam, talvez ele estivesse fazendo um brinde ou contando uma história, eram homens na companhia de outros homens, o que acontecia cada vez menos, arranjos especiais são feitos para isso — a partida de futebol domingo no parque, o jogo de pôquer mensal —, mas não era a mesma coisa, acabava sendo algo um pouco orquestrado demais e pouco espontâneo. Eu não conseguia imaginar Christopher no meio daquele grupo na barragem, mas talvez ele estivesse lá na semana anterior mesmo, talvez estivesse.

A figura que acena de uma vida anterior — principalmente quando essa vida está encerrada de fato, quando não é uma questão de opção, um casamento que pode ser reconstruído, uma vida que pode ser retomada, quando se pode ir para um lado ou para o outro, escolher sim ou não — pode ser excepcionalmente tentadora. Há uma razão por que os vivos são assombrados pelos mortos; os vivos não são capazes de assombrar os vivos da mesma forma. Quando é uma questão de se juntar aos vivos, algo faz com que você se lembre de todos os motivos pelos quais prefere não fazer isso (ou na maioria dos casos, como era comigo e com Christopher, você nem precisa de lembrete nenhum). Mas com os mortos, que estão isolados num reino separado, é diferente.

Não, eu disse, é melhor a gente falar. A gente deve conversar antes que seja tarde demais. Yvan ficou em silêncio por um momento e depois disse: Está bem. Vamos conversar.

11.

O que quer que eu dissesse para Yvan, eu sabia que não ia contar a Isabella e Mark sobre a separação. Não porque eu quisesse proteger Isabella, como eu havia dito a Yvan, nem por lealdade a Christopher, como Yvan desconfiava, e nem porque eu tinha feito uma promessa, a ele ou a mim mesma ou a quem quer que fosse. Eu não ia contar por uma razão mais egoísta: porque queria fingir que a situação era como eu havia levado todo mundo a crer que fosse, que não havia separação, nem desintegração do nosso casamento, nem divórcio iminente. Era o desejo de continuar a existir no espaço — súbita e inexplicavelmente vivo — do nosso casamento.

Quanto dessa racionalização eu compreendia então, nos dias que se seguiram à morte de Christopher? Eu diria que, na época, as minhas próprias motivações estavam opacas para mim. Eu agia com base em sensações mal definidas — o que chamam de *instintos* e *impulsos*. A princípio, o único indício dessa enorme alteração que se deu nos meus sentimentos em relação a Christopher, em relação ao nosso casamento, foi o fato de que o mundo de Gerolimenas, onde eu era uma charlatã e que era, portanto, ínfimo e insubstancial, havia mesmo assim se tornado mais concreto do que qualquer outro lugar, como se o mundo tivesse se reduzido àquela única vila naquela península grega.

Uma sensação que aumentava ainda mais à medida que a perspectiva da nossa partida se aproximava. Só tornei a ver Mark e Isabella no dia seguinte, quando eles apareceram para tomar café da manhã, ambos aparentando estar no seu estado mais normal, talvez apenas um pouco mais desanimados. Isabella ergueu o olhar quando eu cheguei perto da mesa e, sem qualquer preâmbulo, perguntou: Você conseguiria estar pronta para ir embora amanhã? Eu ainda não tinha nem me sentado. Não há mais nada a fazer aqui, e eu gostaria de levar Christopher de volta para Londres.

Ela estava usando óculos escuros enormes, que não tirou durante toda a refeição (talvez para esconder olhos vermelhos e inchados), e chamou o corpo pelo nome, chamou o corpo de Christopher. Antes, ela tinha se referido ao corpo como *isso* — um detalhe que, embora pequeno, era revelador. Ela havia decidido ir embora dali e, assim, dar início ao luto, começar a chamar as coisas não pelo que elas eram — um corpo em decomposição —, mas pelo que ela queria que elas fossem — seu filho, ainda humano, ainda dotado de um nome, ainda intacto.

Isabella não disse nada sobre a investigação — como Mark tinha conseguido convencê-la de que não havia nada a fazer eu ainda não sabia, tudo na natureza de Isabella teria lutado contra isso. Ela virou a cabeça, inquieta. A decisão de deixar a investigação de lado — eu imaginava que apenas por ora, imaginava que a briga fosse continuar depois que Isabella estivesse de volta à Inglaterra, quando estivesse novamente pisando em solo firme — a havia libertado de alguma forma, e eu vi que ela estava pronta para ir embora, pronta para seguir adiante.

Eu só gostaria, antes de irmos, ela continuou em voz baixa, ainda sem olhar para mim, embora eu agora estivesse sentada a seu lado, de ir ao lugar onde ele morreu. Ela não disse o lugar onde ele foi morto nem o lugar onde ele foi assassinado, mas sim *o lugar onde ele morreu*. A especificidade da morte de Christopher já estava sendo lixada para receber a camada de verniz: ele não havia sido morto nem assassinado, havia morrido. Não que eu espere que vá ajudar, ela continuou, mas eu gostaria de fazer isso. E depois nunca mais quero voltar a pôr os pés aqui.

Mark concordou com a cabeça — obviamente eles já tinham discutido sobre aquilo — depois chegou até a estender o braço sobre a mesa e segurar a mão de Isabella. O desejo de estar no lugar onde o filho dela havia sido morto, um lugar como outro qualquer, a morte reivindicando um trecho de estrada insignificante. Isabella ia transformar aquela paisagem sem significado em outra coisa, era um ato em memória de Christopher, ela queria que as coisas se tornassem o que não eram. O vazio da morte é pesado demais de suportar, no fim nós mal conseguimos fazer isso durante um dia, uma hora, depois do próprio evento da morte.

Havia algo de egoísta não apenas no luto de Isabella, mas em todo luto, que no fundo diz respeito não a quem morreu, mas aos que ficaram para trás. É como um ato de arquivamento: o morto se torna fixo, sua vida interna deixa de ser o mistério insondável e insolúvel que talvez já tenha sido um dia, de certa forma seus segredos já não interessam mais.

É mais fácil prantear uma entidade conhecida do que uma desconhecida. Por conveniência, nós acreditamos na totalidade do nosso conhecimento, e até protegemos essa ilusão. Se, a certa altura, encontrássemos um diário com o registro dos pensamentos mais íntimos do morto, provavelmente nos absteríamos de examiná-lo, a maioria de nós não o abriria e o devolveria a seu lugar de descanso intocado, e só olhar para ele já seria apavorante. É assim, pensei, que transformamos os mortos em fantasmas. Eu não conheço o lugar, eu disse por fim. O Mark já providenciou um carro, disse Isabella. Ela se virou para ele e apertou sua mão, o clima entre eles claramente tinha melhorado. Podemos ir à tarde, depois do almoço. O nosso último almoço neste restaurante pavoroso, do qual não vou sentir a menor falta. Embora eu mesma já tivesse expressado um sentimento parecido, o comentário me deixou imediatamente ressentida com Isabella, afinal, o filho dela havia escolhido aquele hotel, foi uma das últimas coisas que ele fez. Ela olhou para Mark de novo e depois se inclinou para a frente. Então, pôs a mão em cima da minha e disse: Claro que você vai ficar amparada. Tudo vai para você.

Acho que eu não entendi na hora, ou melhor, uma parte de mim entendeu, todo mundo entende o que quer dizer *ficar amparada*, assim como todo mundo entende o que quer dizer *tudo vai para você*, tudo é tudo. Mas outra parte minha ficou confusa, ela tinha mudado de assunto tão de repente, ou talvez fosse apenas teimosia da minha cabeça, que se recusava a entender. O que ela queria dizer com tudo? Havia o apartamento, a respeito do qual Christopher tinha dito, quando nós começamos a falar em separação e quase de passagem: se chegarmos a esse ponto, você deve ficar com o apartamento.

Mas eu não havia discutido o assunto com ele, embora já soubesse que chegaríamos a esse ponto — eu nem mesmo sabia o que ele queria dizer com *ficar com*, se ele queria dizer que eu devia ficar lá enquanto ele encontrava outro lugar para morar, que foi o que de fato aconteceu, só que eu também me mudei de lá não muito depois, deixando o apartamento vazio. Ou se ele queria dizer que eu devia assumir a posse do apartamento, que era o que Isabella estava dizendo, que era o que ela queria dizer com *ficar amparada* e *tudo vai para você* — ela não estava falando de objetos pessoais, lembranças ou memórias, ela estava falando de dinheiro.

Tirei a minha mão de baixo da de Isabella. Quando nos casamos, Christopher insistiu para que nós dois fizéssemos testamentos, uma providência mórbida que eu julguei insólita, embora soubesse que era comum, muitos dos nossos amigos haviam tomado medidas semelhantes depois de se casarem. Casamentos sempre faziam as pessoas pensarem em eventualidades e esses documentos agiam como salvaguardas contra essas eventualidades, a menos, claro, que eles na verdade fizessem com que elas se concretizassem, o acordo pré-nupcial que levava de forma quase natural ao divórcio, o testamento que levava — como tinha feito neste caso — à morte inesperada e chocantemente prematura.

Será que Isabella e Mark já haviam consultado o testamento de Christopher? Seria essa a vontade dele, *tudo vai para você*, ou será que Christopher — no dia em que se mudou, ou mesmo antes — havia marcado uma reunião com o advogado: as circunstâncias mudaram, eu gostaria de alterar o meu testamento, quero mudar os termos e os beneficiários. Ou talvez a ideia tivesse lhe passado pela cabeça, mas ele ainda não tivesse feito nada, a questão estava longe de ser urgente — afinal, para quem ele iria deixar a herança? Não tínhamos filhos, ele não tinha irmãos, seus pais eram eles próprios ricos.

Mas se ele havia modificado o testamento, talvez o advogado — Christopher tinha usado o advogado da família, nós dois usamos, ele era um homem que transmitia segurança — já tivesse contado a Mark e Isabella, pois Mark teria ligado para ele assim que soube da notícia da morte de Christopher e depois ligado de novo para pedir conselhos em relação à investigação, quando então o advogado poderia ter dito: O Christopher me ligou um mês atrás, ou talvez dois, ele queria modificar o testamento. O casamento tinha se dissolvido, ou estava à beira da dissolução. Se Isabella e Mark já soubessem disso desde o início, como eu iria me explicar para eles?

O Christopher me ligou antes de viajar, Isabella continuou. Eu não comentei com você porque não parecia relevante. Agora, é claro, isso me voltou à cabeça. Ele deixou um recado, dizendo que tinha uma coisa importante para me dizer.

A voz dela tinha um tom de indagação, de sondagem. Não consegui olhar para ela. Christopher devia ter decidido contar a Isabella que nós estávamos separados. Eu me recostei na cadeira — aquilo era mais perturbador do que eu teria imaginado ser provável ou até possível, então o nosso casamento estava realmente acabado para ele, sem esperança de reconciliação ou conserto. Eu devo ter ficado vermelha ou começado a respirar de maneira estranha — eu me sentia à beira das lágrimas — porque Mark se inclinou de repente na minha direção e perguntou se eu queria que ele pedisse uma água, o que eu recusei fazendo um gesto com a mão. Vi Mark trocar um olhar significativo com Isabella.

Ela pigarreou.

Obviamente, nós ficamos nos perguntando se você estaria grávida, disse Isabella. Ele falou que tinha uma coisa importante para me dizer. E o fato de você não ter viajado com ele...

Olhei para ela com espanto. Ela não conseguiu evitar olhar para mim com esperança, era mais uma pergunta disfarçada de afirmação, *ele morreu amado, nós ficamos nos perguntando se você estaria*. Não respondi de imediato — estava surpresa demais, embora não devesse estar — o que mais uma mãe espera, quando o filho se casa, senão a chegada de um neto? O horror da expectativa de outras pessoas. E, no entanto, eu conseguia entender aquela irrefreável esperança, que teria ganhado força com a morte prematura de Christopher, seu único filho.

Seus olhos ainda estavam cravados no meu rosto, era pura fantasia ou ilusão, uma ideia que havia lhe passado pela cabeça — *uma coisa importante para lhe dizer*, como *ficar amparada*, é uma frase que parece ter um único sentido, até que deixa de ter — e depois fixado raízes. No olhar dela, havia sinais tanto de cobiça como de desconfiança, eu possuía algo que ela queria, uma pequena informação (eu estava ou não grávida?) ou até mesmo um pequeno embrião, o fantasiado neto. Eu era uma esperança, a esperança de que algo ainda pudesse redimir a triste sina do seu único filho, assassinado bestamente; eu era a possibilidade de uma continuação que não iria desfazer a morte do filho dela, mas poderia de certa forma mitigá-la.

Seria tão melhor assim. Um neto, filho de Christopher. Uma criança na qual os traços do pai seriam visíveis, uma espécie de ressurreição. Além disso — a ideia se incorporou à fantasia desde o início, como parte integrante do encanto dela, Isabella teria admitido isso para si mesma, se não para mais ninguém —, assim o dinheiro, não só o de Christopher, mas também o deles, todo o dinheiro deles, seria legado a um descendente, alguém que eles poderiam chamar propriamente de um herdeiro. Não existia nenhum outro descendente, e eu não passava de um beco sem saída, sem dúvida eu me casaria de novo (sem dúvida eu iria).

Eu não culpava Isabella por fazer um cálculo tão insensível — não a culpava, mas acreditava que ela fosse capaz de fazê-lo —, parecia natural, talvez eu sentiria o mesmo no lugar dela. E eu gostaria de poder dizer que sim. Por um breve momento, aquilo pareceu tão incompreensível para mim quanto era para Isabella: Christopher se fora e não havia sobrado nada, nenhum remanescente material — é isso o que filhos são, de certa forma — nada além de uma teia de emoções, que iria desaparecer com o tempo.

Eu não estava grávida. O dinheiro não seria legado a um herdeiro de sangue. Isabella e Mark iriam distribuir o dinheiro deles entre várias instituições de caridade.

Eu não estou grávida, falei.

Ela fez que sim, era o que ela esperava, tinha sido só uma esperança, afinal. Ela abaixou a cabeça. Enquanto eu a observava, a desconfiança aflorou em seus olhos — rapidamente, como se aquela emoção já estivesse à espreita, como se estivesse à mão. Eu poderia ter contado a ela então — a ideia já havia se esboçado na sua consciência, era apenas uma desconfiança, mas o gérmen dela havia brotado, se eu não estava grávida, o que então Christopher queria falar para ela? — ela teria ficado chateada, mas talvez não de todo surpresa. Teria sido mais um terrível ajuste, mas depois de se ajustar à morte, à ideia de que o filho não estava mais vivo e no mundo, será que aquele ajuste secundário teria feito tanta diferença assim, será que teria feito, aliás, alguma diferença?

Eu hesitei. As palavras eram bastante simples — *Christopher e eu estávamos separados, foi por isso que eu não vim para a Grécia com ele* — e, no entanto, eram impossíveis de dizer, me causavam repulsa, encerravam uma verdade que eu não conseguia articular. Eu teria preferido inventar alguma ficção perpétua, uma realidade alternativa: de fato, nós vínhamos falando sobre ter um filho, o Christopher andava trabalhando muito no livro dele, muito perto de ser concluído, e assim que ele terminasse de escrever íamos começar a tentar para valer.

De repente ela virou o rosto para o lado.

É horrível pensar que o Christopher não deixou nada.

Tem o trabalho dele, eu disse. Ele estava tão perto de terminar o livro. Veio para a Grécia sozinho porque precisava se concentrar em escrever, conseguia produzir muito mais quando estava sozinho.

Tem o trabalho dele, ela repetiu.

Talvez a gente possa criar um fundo no nome do Christopher.

Isabella bufou.

Um fundo para quê? Eu já estou cansada de fundações e bolsas de estudo. Essas coisas nunca celebram realmente a pessoa. A gente pode conversar sobre isso depois, Isabella continuou depois de uma breve pausa. Eu só queria que você soubesse que a sua situação não é de forma alguma precária, eu imagino que você não consiga ganhar muito dinheiro com o seu trabalho, mas isso é a última coisa com que você deve se preocupar, nas atuais circunstâncias.

E eu vi que, ao contrário do que eu havia imaginado, o laço entre nós não iria simplesmente se dissolver, que ele ainda persistiria por algum tempo. Havia coisas materiais que nos mantinham juntos, como parentes do morto, mesmo não existindo filhos. Haveria almoços com Isabella e Mark, telefonemas, esse dinheiro que eles estavam me oferecendo e que não era legitimamente meu. Isso era um elo numa corrente que não iria se romper, e o tempo todo eu estaria representando o papel da viúva de luto, um personagem que eu já estava representando — a versão legítima do que eu era, a minha dor, as minhas emoções, rotuladas e devidamente acondicionadas.

Mas, na verdade, a minha dor não tinha lugar certo e permaneceria sem endereço. Eu estaria constantemente ciente da lacuna que existia entre as coisas tal como eram e as coisas como deveriam ser, com medo de que isso estivesse estampado na minha cara, no meu jeito de falar sobre Christopher; seria constantemente lembrada do quanto o meu histórico de amor era inferior a um amor mais forte e mais próximo do ideal, um amor que teria dado sustentação ao casamento, mesmo diante das infidelidades de Christopher, um amor que poderia ter salvado Christopher. Eu poderia ter sido mais abnegada, poderia ter demonstrado o tipo de amor que Isabella teria esperado, que Isabella de fato esperava ver na esposa do filho.

Quantas vezes nos é oferecida a oportunidade de reescrever o passado e, portanto, o futuro, de reconfigurar as nossas atuais personas — uma viúva em vez de uma divorciada, uma mulher fiel em vez de uma infiel? O passado é sujeito a todo tipo de revisão, está longe de ser um campo estável, e toda alteração no passado dita uma alteração no futuro. Até mesmo uma mudança na nossa concepção do passado pode resultar num futuro diferente, diferente daquele que planejávamos.

Nós nos levantamos pouco tempo depois. O carro vai chegar daqui a meia hora, disse Isabella. E então amanhã vamos para Atenas e pegamos o voo de volta para Londres, já reservei as passagens. O Mark chamou o motorista que vocês usaram ontem — Stefano, acho que é o nome dele. Eu parei. Não era possível que justo Stefano fosse nos levar até o local da morte de Christopher. Botei a mão no braço dela.

O que foi?

Você poderia pedir ao Mark para chamar outro motorista?

Mas por quê? Eu pensei que você já tivesse usado esse motorista antes.

Eu preferia que fosse outro motorista. Ele me deixa — hesitei, não sabia exatamente o que dizer — desconfortável.

Foi a coisa certa a dizer, uma palavra que não dizia nada, mas insinuava muito. Isabella ficou imediatamente solidária, enroscou o braço no meu. Sim, claro, disse ela. É difícil para uma mulher estar sozinha, os homens às vezes infernizam tanto. O Mark vai pedir outro motorista. Eu me dei conta, assim que ela disse isso, de que Stefano iria interpretar o cancelamen-

186

to como uma confirmação das suas suspeitas, Mark era o que parecia, mais um xenófobo no seu país. E eu também não poderia esperar que a minha fabulação — embora, de certa forma, aquilo fosse a pura verdade, Stefano de fato me deixava desconfortável agora — dissipasse as tendências preconceituosas do próprio Mark.

Fosse como fosse, isso queria dizer que nós não seríamos levados por Stefano, e era isso que importava, eu não gostaria de vê-lo de novo. Atravessamos o terraço rumo ao hotel. Quando entramos no lobby, uma expressão estranha cruzou o rosto de Isabella, e eu a encarei por um momento, perplexa. Seus olhos estavam fixos e ela franziu os lábios, parecia angustiada e tinha ficado pálida, quase como se tivesse visto um fantasma.

Eu me virei para ver aonde ela estava olhando. O lobby estava vazio, salvo por Maria, que estava em pé atrás do balcão, olhando diretamente para nós; eu ainda não a tinha visto depois que o corpo de Christopher fora encontrado. Então, percebi que ela não estava olhando para mim, mas para Isabella, com uma intensidade que só podia parecer espantosa para Isabella, que obviamente não sabia de nada a respeito de Maria nem do relacionamento dela com Christopher, não sabia que Maria iria olhar para ela e ver não uma hóspede do hotel, mais uma turista ali, mas sim a mãe do homem que ela havia amado.

E assim como Stefano devia ter olhado para Mark e visto um fantasma do próprio Christopher, Maria agora devia estar olhando para Isabella e vendo uma versão feminina e, portanto, deturpada do seu amante estrangeiro. Devia ser perturbador ver Christopher nas curvas suaves e femininas do rosto de Isabella, os mesmos olhos com o mesmo olhar intenso. Elas continuaram a se olhar, e eu vi a expressão de Isabella passar da perplexidade a um vago ar de desdém e repulsa, talvez ela achasse que Maria estava olhando para ela com insistência demais.

Mas não parecia ser esse o caso. Enquanto Isabella continuava a olhar para Maria com uma expressão de desconfiança acentuada demais para se dirigir a uma pessoa estranha, eu comecei a suspeitar que ela tivesse de alguma forma conseguido perceber (intuição de mãe) a natureza do relacionamento entre Maria e Christopher, a razão do olhar fixo com que a moça agora a encarava. Era como se Maria não estivesse conseguindo desviar os olhos, como se a imagem de Isabella fosse fascinante demais.

Isabella corou e desviou o olhar. Fez um som audível de desaprovação e disse: Que modos estranhos os daquela mulher. E eu me tranquilizei, era pura imaginação minha: como Isabella poderia ter adivinhado a ligação que existira entre Christopher e Maria, o fato de que ele havia tido momentos íntimos mais recentes com a moça de ar severo postada atrás do balcão da recepção do que tivera comigo, a esposa dele, por uma questão de meses?

Continuou: Esse é exatamente o tipo de mulher que teria agradado Christopher. Mesmo sem querer, tive um sobressalto, estava impressionada, ela conhecia muito bem o filho, muito melhor do que eu, quantas vezes eu tinha visto Maria antes que de fato conseguisse enxergá-la? Isabella olhou para mim com uma expressão zombeteira, como se estivéssemos apenas discutindo as peculiaridades de um amigo comum. Eu dei de ombros e disse que não sabia, que não poderia dizer, obviamente nós não tínhamos nada em comum, aquela mulher e eu. Ela lançou mais um olhar preocupado na direção de Maria e depois deu as costas, como que encerrando o assunto.

Estava encerrado, até que Isabella inadvertidamente entreabriu a porta de novo, ainda que brevemente. Cerrou os dentes enquanto seguia em direção à escada, como se dissesse: Chega, já basta. E eu vi que o seu luto era um ato da vontade, como tudo mais com ela. Ela disse que Mark ia falar para o recepcionista pedir outro motorista e perguntou se era possível que eu estivesse pronta para sair dali a uma hora. Eu respondi que sim e disse que me encontraria com ela e com Mark no lobby.

12.

Outro motorista foi chamado para nos acompanhar na nossa incursão. Mark não deu nenhuma indicação de ter ficado surpreso com o pedido da troca de motorista, era verdade que o encontro anterior não havia sido agradável, *desconfortável* era de fato a palavra justa para descrevê-lo. Mark não era o tipo de homem que gostava de fazer cena e era exatamente isso que ele tinha feito no banco de trás do carro de Stefano. Sem dúvida, Mark não tinha a menor intenção de repetir isso. Sentou-se no banco da frente e lá ficou, com um ar absorto e um tanto grave, sem olhar para o motorista, que não havia se apresentado a nós. Isabella e eu nos sentamos no banco de trás. Ninguém nem sequer cogitou a possibilidade de uma de nós duas se sentar no banco da frente, ao lado do motorista, era a afirmação do instinto natural de Mark para o cavalheirismo, como se Isabella e eu precisássemos ser protegidas do motorista, do desconforto de sentar ao lado de um estranho.

Quando estávamos descendo a pista que levava ao portão do hotel, Mark perguntou ao motorista se ele sabia para onde estava

190

indo e o homem respondeu que sim, que Kostas havia lhe explicado tudo, que ele conhecia o lugar. Como se estivéssemos indo a um restaurante local ou a uma atração turística. Isabella olhava pela janela com uma expressão tensa e atônita, ainda não conseguia entender o que havia trazido o filho até ali, era algo que nunca deixaria de lhe causar perplexidade, não importava quanto tempo ela ficasse na Grécia, quer visse ou não o lugar onde ele havia morrido. Nesse sentido, ela tinha razão em querer ir embora, não havia nada para ela aprender ou entender ali. Ouvi Mark dizer para o motorista: Nós queremos ver o lugar onde o nosso filho morreu.

Ainda não sei por que ele disse isso, Mark não era o tipo de homem que fazia confidências a estranhos, não tinha o impulso de tentar agradar, nem era homem de jogar conversa fora. No entanto, embora o motorista não tenha respondido, a não ser com um leve aceno de cabeça para indicar que tinha ouvido — era difícil saber até como era o inglês dele, o homem mal havia dito uma palavra, podia simplesmente não ter entendido o que Mark dissera, aquela declaração insólita —, Mark continuou mesmo sem incentivo: Precisamos fazer isso antes de ir embora. E o motorista balançou a cabeça de novo, como que para dizer que entendia, que concordava.

Obviamente, o motorista era um homem que sabia ouvir, proficiente em silêncios, talvez isso fosse necessário no ramo dele, embora na minha experiência eram sempre os motoristas de táxi que puxavam assunto, que tinham coisas para desabafar, o próprio Stefano não havia feito isso, pelo menos comigo? Depois de um breve silêncio, o motorista disse para Mark, num inglês quase impecável: Essas coisas são importantes. Uma frase vazia e, no entanto, Mark fez que sim, com um brilho nos olhos, como se o motorista tivesse dito algo profundo e extremamente compassivo.

Talvez Mark quisesse compartilhar a sua dor com alguém que não fosse nem Isabella nem eu — uma pessoa estranha que não estivesse sentindo a própria dor, dor essa que você seria obrigado a tomar o cuidado de contornar, pode oferecer um conforto maior do que aqueles que estão no fosso da perda junto com você — ou talvez ele estivesse gostando de ter contato com outro homem, já que era um homem que gostava da companhia de outros homens e estava lidando com a perda do filho — antes eram os dois e Isabella, e agora ele estava sozinho no casamento. Mark continuou: Você sabe que o meu filho foi assassinado? E o motorista balançou a cabeça de novo, sim, uma coisa horrível, ele tinha dois filhos, não conseguia imaginar nada pior neste mundo.

Mark se virou na direção do motorista. Nós poderíamos ficar, mas que diferença isso iria fazer? Nossos advogados dizem que podemos continuar a pressionar a polícia lá mesmo de Londres. Um inquérito vai ser aberto na Inglaterra, o governo britânico vai se envolver — afinal, um cidadão britânico foi assassinado, é uma questão de certa importância. Mas isso não vai trazer o Christopher de volta. Não significa necessariamente nem mesmo que vão encontrar o homem que o matou. Ele ficou alguns instantes em silêncio. A incompetência da polícia grega é algo incompreensível.

Não há razão para ficarmos aqui. Mas, ao mesmo tempo, é difícil ir embora, é difícil ir embora sem ficar com a sensação de que estamos abandonando o Christopher — o nosso filho, o nome dele era Christopher. Vamos levá-lo de volta conosco, ele vai ser enterrado na Inglaterra. Mas, mesmo assim, tenho a sensação de que estamos deixando o nosso filho para trás, deixando esse assunto pendente aqui. Isabella continuava a olhar pela janela, como se não estivesse ouvindo uma palavra do que Mark dizia, talvez tivesse se acostumado a não ouvir o marido. Imagino que os que sobrevivem sempre se sintam assim, disse Mark, tudo que você faz é uma traição. Isso era ainda mais íntimo do que o que ele já havia dito para aquele homem, tinha o caráter de uma confissão. Ele ficou olhando fixamente para a estrada à sua frente, do mesmo modo que o motorista, dois homens fitando uma estrada. Depois de um breve silêncio — o motorista não havia dito nada, como se Mark enfim o tivesse deixado aturdido — Mark se virou para olhar pela janela do seu lado.

Avançamos mais adentro pelo interior do que eu já havia avançado antes, passando por várias vilas e depois por uma vasta extensão de estrada vazia. Dos dois lados da estrada de pista única, a vegetação baixa estava queimada e, do meio dela, erguiam-se alguns cactos chamuscados, com os braços derreados e parcialmente derretidos. Da terra enegrecida, começavam a nascer pequenos brotos verdes, embora não fosse a estação para brotos estarem crescendo, mais um indício de loucura. Poderia ter sido num lugar como aquele, entre duas vilas, uma caminhada no fim da tarde, Christopher era dado a fazer coisas assim.

O motorista pigarreou. Devia ter ficado nervoso com o discurso de Mark, devia saber que aquilo era algo fora do comum, que não condizia com a postura tensa e empertigada daquele senhor inglês, a fachada de pedra se desmantelando sob a ação da dor. Tinha falado a pura e simples verdade quando disse que não conseguia imaginar como era aquilo — a dor, a perda de um filho. Estamos chegando, disse ele, quase com relutância.

Isabella se retesou, todas as partes do seu corpo enrijeceram ao mesmo tempo. Na frente, Mark começou de novo a falar, como se não tivesse ouvido o motorista, como se quisesse negar ou pelo menos adiar o significado das suas palavras, teria preferido continuar andando de carro, por horas a fio se possível. Nenhum pai espera sobreviver ao filho, disse ele, é uma coisa que

193

vai contra a natureza. Mas, enquanto ele ainda falava, o motorista começou a reduzir a velocidade do carro e nós paramos diante de uma pequena vila, e então Mark não disse mais nada. Sem o barulho do motor, de repente tudo ficou em silêncio. Isabella se remexeu no banco.

É aqui?

Ela fez a pergunta num tom ríspido, de desaprovação, como se um corretor de imóveis incompetente estivesse lhe mostrando uma propriedade abaixo do padrão, sinto muito, mas essa casa não serve, não atende nem de longe às minhas necessidades. Mas não poderia haver casa grande o bastante para acomodar a dor de Isabella. Com um movimento brusco, ela desafivelou o cinto de segurança e saiu do carro. Mark continuou sentado no banco da frente, com as mãos pousadas no colo, e não olhou para ela, que estava parada do lado de fora, com a mão apoiada no teto do carro. O motorista também abriu sua porta e saiu, e então Isabella se afastou do carro.

Como você sabe que o lugar é este?

O motorista desviou o olhar. O tom de Isabella era imperioso, como se o luto fosse um ramo de prestação de serviços como outro qualquer e a experiência do luto que ela vinha tendo não estivesse conseguindo atingir os seus padrões de exigência, ela gostaria de falar com o gerente. Dentro do carro, Mark respirou fundo — uma respiração ruidosa, entrecortada, estava tentando reunir coragem —, em seguida abriu a porta e saiu. Depois de alguns instantes, saí também, não podia ficar dentro do carro, embora fosse o que eu quisesse fazer.

Você tem certeza que é este o lugar? Isabella insistiu.

O motorista fez que sim. Tenho, é este o lugar, sem dúvida. Fiquei me perguntando então se ele, como Stefano, teria passado ali por acaso naquela manhã, se ele também teria visto o bloqueio na estrada e o carro de polícia, talvez até o corpo, ou o que era possível ver do corpo, *as pernas sob a lona, os pés inclinados um para cada lado. Aquela estrada é o caminho mais rápido entre as duas vilas*, dezenas de pessoas devem ter passado de carro por ali só naquela manhã.

Eu me virei para procurar por Mark e Isabella, que não tinham ido muito longe, estavam talvez a uns seis metros de distância. Parados lado a lado, eles olhavam para aquela extensão de terra enegrecida. O horizonte estava entulhado de cabos de telefone, casebres abandonados, barris de petróleo enferrujados, um aglomerado de prédios baixos de concreto. Mark e Isabella estavam imóveis, sem se tocar, mas fisicamente próximos e, de certa forma, em contato mais íntimo do que eu me lembrava de tê-los visto não só desde que eles haviam chegado à Grécia, mas também nos últimos anos.

No entanto, aquilo não parecia ser um momento de reconciliação e muito menos de desfecho, eles pareciam mais um casal de idosos que tinham se perdido num lugar entranho e não podiam contar um com o outro para conseguir encontrar uma saída dali, uma briga terrível poderia facilmente ter se seguido, depois da qual um deles sairia andando sem olhar para trás, enquanto o outro permaneceria perto do carro, agitando inutilmente um mapa na mão. Como a coisa tinha chegado a esse ponto? O que eu estou fazendo aqui? Eles olhavam para a terra preta, para a vegetação chamuscada ou murcha, talvez tivessem esperança de encontrar pistas, mas não havia nada, era um lugar como outro qualquer, não havia nada que eles pudessem descobrir ali.

Fiquei observando os dois andarem, cambaleantes — Isabella estendeu o braço para se apoiar em Mark —, para fora da estrada, até a beira do acostamento. Eles de repente pareciam muito mais velhos, como se aquele lugar além da morte de Christopher os tivesse envelhecido, e por um momento eu poderia ter acreditado que aquele era um lugar mal-assombrado, que um espírito maligno havia sugado a força vital dos dois, existiam muitas histórias desse tipo na Grécia, eram parte da tradição do país. Tinha sido isso, eu me lembrei, que havia trazido Christopher a Mani, não importava o que Isabella dissesse — *deve ter sido por causa de alguma mulher, o Christopher nunca conseguiu manter o pau dentro das calças* —, fora o culto à morte que o atraíra até ali. Era quase como se ele tivesse vindo até ali para morrer. Christopher não era suicida, jamais teria se matado. Mas tinha vindo para Mani em busca de sinais da morte, de seus símbolos e rituais, de seus obscuros vestígios, tinha olhado para aquela paisagem e a transformado num padrão de ritos aos mortos e moribundos. Como era possível que ele não tivesse incluído o seu próprio fim nas suas especulações sobre a morte em geral, como essa possibilidade não havia lhe ocorrido? Era impossível olhar para os últimos dias de Christopher e não ver a sombra da morte, até mesmo a sua promiscuidade — um hábito irreprimível formado ao longo de uma vida inteira — começou a parecer um inútil protesto contra o fim iminente.

Depois de certa idade, é uma questão de apenas décadas, duas ou três se você tiver sorte, quase tempo nenhum. E sentindo essa presença da morte, como ele teria encarado o estado do nosso casamento? Mesmo que não se arrependesse de ter se separado, ele poderia estar suscetível à sensação que eu tinha agora, de que estávamos velhos para começar de novo. Christopher era oito anos mais velho do que eu. O que ele teria visto, quando estava ali naquele lugar, naqueles momentos finais? Talvez nada, talvez aquele fosse apenas um lugar banal, as circunstâncias totalmente normais, até a pancada cegante na sua nuca.

Olhei ao meu redor. A sensação tinha passado, aquele não parecia ser um lugar onde alguém que amávamos havia morrido, não transmitia essa intimidade — não do modo como a cama onde alguém que amávamos dormia, a escrivaninha onde alguém que amávamos trabalhava, a mesa onde alguém que amávamos jantava transmitem uma intimidade, de imediato e sem esforço —, ao contrário, era apenas uma extensão deserta de estrada, deserta, mas não deserta o bastante, dava para ver a vila ao longe, atravessada por cabos de telefone, havia lixo em meio à vegetação queimada, perto dos nossos pés latas de cerveja amassadas e guimbas de cigarro.

Fiquei olhando para as guimbas, todas relativamente novas, seu papel apenas um pouco amarelado; havia guimbas por todo lado, o chão estava coberto delas. Era inacreditável que, naquela paisagem incendiada, pessoas jogassem cigarros — quem sabe até ainda acesos — no chão. Talvez elas achassem que a paisagem já estava tão destruída que não havia mais nada a preservar; era fato que não havia nada ali, na verdade era inexplicável que alguém tivesse ficado parado ali tempo suficiente para fumar um cigarro, inexplicável que alguém ficasse parado naquela estrada por um minuto que fosse. Até mesmo nós, a nossa razão para estar ali ficava mais indefinida a cada minuto que passava.

Olhei para os pais de Christopher e me lembrei de quando os vi pela primeira vez. Só fui conhecer Isabella e Mark quando Christopher e eu já estávamos noivos, quando eu já tinha ouvido Christopher falar muito deles, quase nada de bom. No início ele raramente falava dos pais, mas depois de repente passou a ter inúmeras coisas a dizer sobre eles e sobre o casamento dos dois, talvez porque agora ele próprio estivesse se propondo a se casar — ele já não era mais jovem quando nos casamos, tinha conseguido adiar essa etapa por algum tempo — ou talvez simplesmente porque aquele repositório específico, a caixa dos sentimentos de Christopher em relação aos pais e a Isabella em particular, uma vez aberta, fosse difícil de tornar a fechar sem verter pelo menos uma pequena parte do seu conteúdo.

Então, eu estava apreensiva, mais ainda do que poderia ser considerado normal — é raro que conhecer os futuros sogros seja classificado como um encontro fácil —, embora imaginasse que não fosse tão ruim quanto Christopher dizia, ainda que ele próprio tivesse declarado: Você provavelmente vai adorar os dois, eles são pessoas muito agradáveis — como se o fato de eu estar nervosa já fosse uma espécie de traição. Mas eu não adorei os dois e não os achei particularmente agradáveis, e essa tensão havia ficado visível no meu relacionamento com eles desde então. Eu me lembro de ficar sentada diante deles à mesa, num dos nossos muitos jantares intermináveis — depois que fui apresentada a eles, isso se tornou um compromisso regular, o jantar mensal com Isabella e Mark, sem discussão e quase sem que eu notasse, algo que eu jamais poderia ter previsto no início do nosso relacionamento —, e pensar em como eu torcia para que o nosso casamento, o meu e de Christopher, não acabasse como o deles.

Eu disse que torcia. Na verdade, eu tinha a ingênua confiança de que isso nunca aconteceria, parecia impossível que nós nos transformássemos em algo parecido com Isabella e Mark, eu não conseguia sequer conceber um futuro que viesse a produzir um resultado tão desastroso. No fim, eu estava certa, nós não ficamos como Mark e Isabella, embora não pelas razões que eu imaginava então. Na época, eu era como qualquer pessoa jovem que olha para uma pessoa velha — apesar de eu não ser mais tão jovem assim e Christopher menos ainda —, e, como qualquer pessoa que não consegue acreditar que vai envelhecer, muito menos morrer, eu não conseguia acreditar que o nosso casamento pudesse ficar igual ao deles, muito menos desmoronar completamente.

E, no entanto, ele tinha desmoronado, cinco anos depois. Cinco anos — uma fração do tempo de duração do casamento de Isabella e Mark, uma duração que continuava aumentando, estava aumentando agora mesmo. Ali parados lado a lado, com trinta centímetros de ar entre os dois, o casamento deles continuava acumulando horas, continuava se prolongando, minuto a minuto. Podia ser um casamento terrível, construído sobre a traição — embora o que exatamente se quer dizer com a palavra *terrível?* Há traições que parecem imperdoáveis olhando de fora e que, no entanto, são perdoadas, e há formas de intimidade que não se parecem em nada com o nome que têm — mas eram mesmo assim um casamento. Ao passo que o meu tinha terminado — duas vezes. Não era de surpreender que eu agora olhasse para os pais de Christopher e visse o casamento deles de um modo diferente. Parecia inacreditável que um dia eu tivesse olhado para o relacionamento deles e visto algo digno de desprezo, a palavra podia parecer forte demais, mas era a palavra justa, era a verdade. Um dos problemas da felicidade — e eu tinha sido muito feliz, quando Christopher e eu estávamos noivos — é que ela faz com que você fique não só arrogante, mas também sem imaginação. Eu agora olhava para o casamento de Isabella e Mark e percebia que eu não entendia nada, nem sobre esse nem sobre casamentos em geral, os dois sabiam coisas que Christopher e eu não tínhamos tido tempo, ou reservado um tempo, para descobrir.

De repente, Isabella se virou e voltou para o carro. Acho que acabamos, disse. O motorista fez um aceno positivo com a cabeça e ela entrou no carro e se acomodou no banco de trás. Suas costas estavam rígidas, e, enquanto olhava fixamente para a parte de trás do banco do motorista, eu vi que seus olhos estavam cheios d'água. Ela fez uma careta, como se não tivesse nenhuma intenção de deixar que a dor a dominasse, depois endireitou os ombros e disse: Mark? Você não vem? Eu gostaria de ir embora, não quero mais ficar aqui.

Mark fez um sinal para o motorista e os dois entraram no carro ao mesmo tempo. O motorista enfiou às pressas a chave na ignição, deu a partida e arrancamos cantando pneu. As costas e a cabeça de Isabella balançaram com o movimento, mas a careta não desapareceu, nem as lágrimas. Para onde eu devo ir, de volta para o hotel?, o motorista perguntou. Mark fez que sim e disse: Isso, de volta para o hotel. Quando vocês vão embora da Grécia?, o motorista perguntou, e Mark respondeu: Assim que possível, assim que terminarmos de arrumar as malas.

13.

Naquele inverno, um pequeno navio de cruzeiro desapareceu no sul do Pacífico. Um meteorologista da Nova Zelândia recebeu uma ligação telefônica via satélite às duas da manhã de uma mulher não identificada, que disse que o navio estava enfrentando uma tempestade, deu as coordenadas de onde estavam e perguntou para onde eles deveriam navegar para escapar da intempérie. O meteorologista, que estava cobrindo o turno da noite, disse à mulher para ligar de novo dali a trinta minutos, quando então ele já teria verificado a previsão do tempo e teria condições de orientá-la. A mulher não tornou a ligar. Seguindo o protocolo, o meteorologista acionou o alarme. Uma equipe de resgate iniciou uma busca por rádio, tentando fazer contato com o navio e com a misteriosa mulher que fizera a ligação e cujo número o meteorologista e a equipe de resgate continuaram a chamar nas horas que se seguiram — o telefone não estava mudo, as ligações simplesmente não eram atendidas. A equipe, então, começou a fazer contato com outros barcos e navios que estavam na área para

201

perguntar se eles tinham visto algum navio em perigo ou mesmo qualquer embarcação por ali.

Um avião militar foi enviado em seguida para vasculhar a área de onde se acreditava que a ligação tivesse vindo. Isso se deu cerca de trinta e seis horas depois de a ligação inicial ter sido feita — uma comunicação que não era necessariamente um pedido de socorro, mas mais uma medida preventiva, uma indicação de que uma situação de perigo poderia estar por vir —, mas o tempo no mar é mais lento do que em outros lugares, na terra ou no ar. A área designada era imensa; tendo por base as coordenadas informadas na ligação inicial, ela tinha um raio de mais de mil milhas náuticas. Durante muitas horas, o avião esquadrinhou a superfície pontilhada e sarapintada do oceano, mas não encontrou nada.

Uma semana se passou. Duzentas e trinta e duas pessoas estavam a bordo do navio, incluindo o capitão e a tripulação. Os parentes mais próximos das pessoas desaparecidas foram transportados de avião para a Austrália durante essa semana de ansiosa espera e lá permaneceram — foram hospedados num hotel caro pela empresa de cruzeiros, uma pequena companhia naval especializada em viagens de luxo pelo sul do Pacífico —, como se a proximidade geográfica pudesse diminuir de alguma forma a intensidade da tensão de todos. Por outro lado, era verdade que muitos deles moravam na Europa, de modo que, ao irem para a Austrália, eles estavam ficando vinte horas mais próximos de abraçar seus entes queridos, quando eles fossem encontrados e levados de volta para terra firme.

À medida que as buscas se ampliavam — vários governos federais agora estavam envolvidos, a notícia teve grande repercussão na Inglaterra, a empresa de cruzeiros, cujos barcos dispunham de cabines espaçosas e de uma excelente relação passageiro/tripulante, era popular entre casais de aposentados —, as famílias começaram a se cansar da prolongada estadia em Cairns. O hotel cinco estrelas oferecia, entre outros atrativos, vistas para a baía e a marina. Para aquelas pessoas, no entanto, a visão do mar estava longe de ser relaxante. Em pouco tempo, o luxo passou a servir apenas para lembrar as famílias do fato de que elas não estavam em casa, mas no limbo, em estado de espera.

Na verdade, aquelas semanas foram apenas um preâmbulo para os meses e depois anos que se seguiriam, durante os quais — ao mesmo tempo que as buscas se reduziam e as empresas de seguro começavam a preparar enormes acordos de indenização para as famílias dos passageiros e tripulantes desaparecidos — não se teve notícia do navio, e as pessoas que se encontravam a bordo não eram consideradas nem vivas nem mortas, mas apenas desaparecidas. Nas inúmeras entrevistas que os familiares concederam (e que também escassearam; no início a mídia não se cansava de cobrir o caso, jornalistas assediavam incessantemente os parentes das vítimas à cata de comentários, mas depois, de repente, perderam o interesse, como quase sempre acontece), eles falavam sobre a dificuldade de lidar com a perda numa situação como aquela, em que eles não sabiam se deviam manter a esperança ou, como disse um deles, *virar a página*.

Uma das razões por que era tão difícil virar aquela página estava ligada ao caráter altamente improvável do desaparecimento do navio, que era pequeno em se tratando de navios de cruzeiro, mas enorme em se tratando de um objeto capaz de desaparecer nos dias de hoje, principalmente considerando que ele era equipado com o que havia de mais moderno em aparato tecnológico e com múltiplos e redundantes dispositivos de segurança. Não havia explicação fácil; na verdade, não tinha havido nenhum relato de mau tempo — o que tornava a ligação telefônica da mulher não identificada ainda mais enigmática — e nenhum destroço ou fragmento jamais foi encontrado. O navio simplesmente sumira sem deixar vestígios.

Muitas teorias acerca do desaparecimento do navio foram tecidas, indo desde o desastre ecológico (o navio teria sido literalmente engolido pelo mar) até a geopolítica (o navio teria sido sequestrado por terroristas). Uma das teorias mais populares que circularam durante essa época sustentava que os passageiros a bordo do navio haviam conspirado com a tripulação para orquestrar seus próprios sumiços. Teriam comprado suas passagens, se despedido de suas famílias e depois se escafedido; crucial para essa teoria era o fato de que o itinerário do navio incluía lugares tão remotos e exóticos como a ilha de Vanuatu (conhecida por sua beleza natural e pelo fato de seus habitantes nativos cultuarem o príncipe Philip) e as Ilhas Salomão.

A ideia de que todos os desaparecidos estariam vivendo juntos numa ilha tropical era de todo absurda, e, embora pudesse ser uma solução atraente — os desaparecidos estariam vivos e não mortos, como também estariam vivendo relativamente felizes, em algo como férias prolongadas num lugar paradisíaco —, também tinha suas complicações, considerando que partia do princípio de que todo mundo a bordo do navio queria desesperadamente fugir não só de sua vida, mas de todas as pessoas que faziam parte dela, ou seja, de todas aquelas pessoas que tinham ido para Cairns na esperança de se reencontrarem com os desaparecidos.

Mas não é essa a desconfiança que muitas vezes se tem em relação aos mortos? Não havia, claro, nada de tão catastrófico quanto um navio desaparecido no nosso caso, nem qualquer dúvida quanto a se Christopher estava morto ou ainda vivo — ele estava definitivamente morto, não havia espaço para incertezas nem para embustes —, mas ainda assim havia algo de inexplicado na sua morte. Quando você começa a escarafunchar os detalhes, todas as mortes parecem inexplicadas (em contraste com o caráter terminante da morte em si, há as ondas de incerteza que vêm na sua esteira), e a de Christopher não era exceção.

Como se previa, a investigação não foi bem-sucedida e o caso foi arquivado pouco mais de um ano depois, discretamente e sem qualquer ar de derrota perceptível. A polícia não esperava encontrar o assassino e, portanto, não pareceu ficar nem surpresa nem desapontada quando a investigação não chegou a lugar algum. Eu soube da notícia por Isabella. Eles encerraram a investigação, ela disse pelo telefone. Poderíamos pedir para reabrir o caso, ela continuou. Mas não há nenhuma garantia de que eles tenham mais sucesso na segunda tentativa; na verdade, é muito pouco provável que isso aconteça. Não existem indícios, a coisa toda já estava malparada desde o início. Estamos prontos para encerrar esse capítulo e seguir adiante, disse ela. Mas queríamos saber o que você acha.

A voz dela tinha um tom de indagação, talvez ela realmente estivesse na dúvida. Para meu espanto, descobri que não concordava, que estava inclinada a tentar fazer a investigação prosseguir, a recorrer a todos os procedimentos legais disponíveis para tornar isso possível. Como disse Isabella, a coisa toda tinha sido mal conduzida desde o início, então talvez ainda houvesse alguma chance de encontrarmos a pessoa responsável pela morte de Christopher, uma informação que iria de fato encerrar aquele capítulo e de fato nos permitir seguir adiante (as palavras que Isabella havia usado eram bizarras, nada tinham a ver com o seu jeito normal de falar, aquela declaração havia sido claramente ensaiada e de má-fé).

Antes que eu pudesse responder, ela continuou: Eu queria também dizer a você que os investimentos do Christopher, ou melhor, os investimentos que o Mark fez em nome dele, tiveram uma redução, o valor é aproximadamente três milhões de libras.

Eu estava espantada demais para falar, não tinha havido nada que indicasse que eu iria herdar uma quantia tão alta. O advogado vai entrar em contato com você para lhe passar todos os detalhes. Não é muito, ela continuou sem qualquer sinal audível de ironia, hoje em dia isso mal dá para comprar uma casa em Londres. E, então, ela desligou de repente, dizendo que estava cansada e que nos falaríamos de novo dali a um ou dois dias.

Naquele dia, eu experimentei o oposto de uma sensação de desfecho. No fim da tarde, o dinheiro já estava apodrecendo na minha cabeça, contaminando tudo. Eu não via como poderia aceitar aquele dinheiro e não via como poderia recusá-lo. Comecei a me perguntar que valor teria sido aceitável, será que um mero milhão de libras teria me pesado menos na consciência? Dois milhões? Será que o fato de os meus próprios sentimentos em relação a Christopher terem mudado desde a morte dele importava? Ou o fato de que, se Christopher estivesse vivo e nós tivéssemos levado o divórcio adiante — o que nós teríamos feito, sem dúvida —, metade do dinheiro teria sido minha de qualquer forma, considerando que eu era, de acordo com a linguagem do divórcio, a parte prejudicada?

As pessoas contratam advogados e pagam quantias astronômicas para alcançar o resultado que por acaso, ou melhor, por infelicidade, veio se dar comigo. Fiquei me perguntando por que Christopher não tinha me falado desse dinheiro, desses investimentos — quando voltei para Londres, fui informada de que ele havia herdado uma quantia substancial dois anos antes, uma época em que o nosso casamento ainda estava intacto, e que Mark tinha investido essa quantia para ele. Eu me perguntava também por que ele decidira deixar esse dinheiro nas mãos de Mark, talvez até no nome de Mark, eu não tinha me informado sobre os pormenores. Isso pode ter sido feito já com uma futura separação em mente, na mente dele pelo menos — como uma forma de deixar essa quantia de fora da divisão de bens — ou pode ter sido por pura preguiça; Christopher não precisava do dinheiro.

Como eu também não precisava. E, no entanto, o dinheiro existia e algo teria que ser feito com ele. Três milhões de libras — eu não era mercenária, não havia nada que eu quisesse menos do que ser mercenária naquelas circunstâncias, mas descobri que aquela era uma quantia que contaminava a imaginação. Dava para comprar muita coisa com três milhões de libras; ao contrário do que afirmara Isabella, três milhões de libras era muito dinheiro, era uma vida nova e não apenas uma casa nova, a casa que eu já havia começado, sem querer, a imaginar.

Talvez uma semana depois disso, recebi uma mensagem de Stefano, via Facebook, dizendo que ele e Maria tinham se casado, estavam muito felizes e pensando em começar uma família. Eu não tinha tido nenhum contato com Stefano desde que saíra da Grécia e fiquei, de certa forma, pasma que tivesse ocorrido a ele me procurar no Facebook e que ele tivesse me encontrado por meio de uma conta que eu raramente usava. Cliquei e vi que ele tinha postado um álbum de fotos do casamento na sua página. Os dois haviam se casado no hotel de Gerolimenas e trocado seus juramentos — ao que parecia pelas fotos — no píer de pedra onde uma vez eu havia me sentado e ficado olhando para a janela do quarto que fora ocupado por Christopher.

Ao longo daquele último ano, em diversos momentos, eu pensei, com certa preocupação, se eu teria gostado demais de Stefano e permitido que o meu interesse pelo seu revés — que, em retrospecto, não me parecia revés algum, uma mulher tem todo o direito de amar ou não amar um homem — me deixasse cega para o seu verdadeiro caráter. Afinal, ele tinha um motivo claro, um motivo mais forte do que um punhado de notas de dinheiro gastas, um relógio, uma aliança e algumas despesas pagas com cartão de crédito. Teria tido tempo para planejar o assassinato, teria tido acesso, a ideia deve ter lhe ocorrido — *As coisas seriam diferentes se ele sumisse.*

Mas, enfim, eu tinha certeza de que ele não podia ter matado Christopher, o tom da sua mensagem era alegre e relaxado, ele havia postado as fotos do casamento de forma livre e sem hesitação, fotos que eram absolutamente normais. Ele jamais teria me enviado uma mensagem como aquela se de fato tivesse matado Christopher. Mas, se não havia sido Stefano, então quem? Depois daqueles contatos coincidentes, o telefonema de Isabella e a mensagem de Stefano, meus pensamentos tinham mais uma vez se voltado para os fatos e as circunstâncias da morte de Christopher e para a questão da culpabilidade.

Na maioria dos dias, eu acredito que Christopher tenha sido morto por um ladrão, que foi um crime involuntário e sem sentido e, portanto, também uma morte sem sentido — embora seja difícil saber o que é pior nessas circunstâncias, uma morte com ou sem sentido. Há dias em que penso quase sem parar no ladrão, que eu acredito que exista, apesar de ele nunca ter sido visto nem descrito e muito menos capturado, e que agora está livre, totalmente corporificado, tocando uma vida que não foi alterada pela natureza do seu crime, e talvez continue a varrer a zona rural grega assaltando turistas sem sorte. E, para mim, é espantoso que não saibamos absolutamente nada sobre a pessoa que matou Christopher ou que, no mínimo, o abandonou lá, à beira da morte.

Não sabemos que aparência esse homem tem, se tem cabelo escuro ou claro, liso ou encaracolado, basto ou ralo ou nem uma coisa nem outra, se tem uma família, filhos e esposa numa casa em alguma parte de Mani, se é um homem pequeno ou grande, talvez seja um homem pequeno com feições delicadas e pele suave, por que não? Ou talvez tenha mais de um metro e oitenta de altura e pele cravada de marcas de acne, o que também é possível. O homem — de certa forma, o homem mais importante da vida de Christopher, embora nenhum de nós fosse dizer uma coisa dessas, o homem que lhe trouxe a morte, assim como Isabella lhe deu a vida — é uma incógnita.

Sabemos, no entanto, se ousarmos imaginar a cena, que aqueles momentos finais foram íntimos, mesmo que a natureza exata dessa intimidade seja diferente daquilo que normalmente pensamos quando ouvimos e usamos essa palavra — o braço enlaçando o pescoço, a mão apoiada no ombro, os lábios próximos do ouvido e as palavras sussurradas. Não foi um abraço carinhoso entre pessoas que se amam, mas foi íntimo mesmo assim, o contato entre os dois homens sendo do tipo mais definitivo e significativo possível, em comparação com o qual todo toque erótico empalidece, incluindo o meu, incluindo o de todas as outras mulheres.

Será que ele viu o homem, será que eles se falaram antes de Christopher ser atacado? Talvez o homem tenha feito uma pergunta para desarmá-lo, pedido informação sobre como chegar a algum lugar, ou pedido uns trocados ou fogo para acender seu cigarro, qualquer coisa para puxar assunto e fazer com que Christopher diminuísse o passo. Ou será que o homem o atacou por trás, de forma que Christopher não viu o rosto do seu agressor, não olhou nos olhos dele, nem sequer viu suas feições ou o feitio do seu corpo, o único cumprimento do homem sendo a força bruta da pedra que ele segurava, batendo no crânio de Christopher?

Não com força demais, não com a intenção de matar, mas apenas de deixá-lo zonzo e desorientado, com força suficiente para derrubá-lo no chão — nada na natureza do golpe indicava que matar fosse o resultado pretendido do crime, tinha sido um roubo, não um assassinato. O mais provável era que o homem achasse que Christopher estava apenas inconsciente, que ele acordaria com uma tremenda dor de cabeça e um pouco desidratado, mas nada além disso. Se tivesse usado um pouco menos de força, Christopher ainda estaria aqui hoje.

Mas isso era supor que ele tivesse sido morto por um estranho, supor que ele não tivesse, por exemplo, tropeçado e batido com a cabeça nas pedras do chão — uma pancada improvável e azarada, mas não necessariamente impossível, coisas mais estranhas já tinham acontecido, a autópsia havia mostrado que ele tinha bebido, que ele estava embriagado na hora da morte. No meio da noite, essa possibilidade era infinitamente pior, uma morte sem nenhuma dignidade, talvez o que temêssemos mais durante a investigação — um resultado pior do que o inconclusivo a que eles chegaram no fim — fosse a confirmação de que não havia assassino nenhum, de que Christopher tinha morrido vagando pela estrada, bêbado e sozinho.

Uma morte vazia e ridícula. É por isso que eu às vezes prefiro, estranhamente, a ideia de que a morte de Christopher foi de alguma forma provocada pelas atitudes que ele próprio tomou, mesmo involuntárias e inconscientes como foram. Às vezes é consolador pensar que a morte dele foi resultado do fato de ele estar no mundo, e não algo que aconteceu de modo totalmente aleatório, como que apagando uma presença que já não tinha sido capaz de deixar a sua marca, que não havia insistido o suficiente em fazer algo da vida; então seria realmente como se ele tivesse sumido sem deixar vestígios.

É por isso, sem dúvida, que tarde da noite outras possibilidades me ocorrem — de que existiria de fato um marido corneado e vingativo de alguma outra mulher que não Maria, uma desconhecida, e que esse marido teria seguido Christopher quando ele saiu da vila — *corriam boatos de que havia uma mulher envolvida, um marido ciumento teria sido a solução para nós.* Não seria possível que a investigação tivesse falhado não porque o marido não existia, mas porque a vila havia se unido contra a polícia e, assim, contra a ideia de fazer justiça para um estranho, para um estrangeiro, para Christopher? Ou talvez os próprios policiais conhecessem as partes envolvidas e tivessem optado por protegê-las.

Obviamente, quando amanhece, essas ideias se tornam absurdas e as conjecturas que à noite pareciam plausíveis desmoronam. À luz do dia, eu consigo admitir que a minha imaginação estava apenas procurando drama no que era, no que sempre tinha sido, uma morte transparente. Quando alguém que você ama morre de forma antinatural, o natural é procurar uma narrativa mais ampla, um significado maior, o choque provocado pelo incidente parece exigir isso. A verdadeira culpabilidade não se encontra no escuro ou com um estranho, mas em nós mesmos. De todos os suspeitos — espalhados entre diversos corpos, existentes em várias narrativas —, nenhum tinha mais motivo do que eu. Eu tinha motivo, vários motivos, na verdade — uma quantia astronômica a herdar; um marido mulherengo e descuidado que havia, pelo menos ao que parecia, praticamente me abandonado; o envolvimento com outro homem, com quem eu desejava me casar. Os motivos tinham se aglutinado ao meu redor, um manto manifestado pela minha culpa — a culpa dos sobreviventes, que é impossível expiar.

E, no entanto, essa questão parecia ser indiferente para o resto das pessoas. Cerca de um ano e meio depois da morte de Christopher, nós vendemos o apartamento — eu não queria morar lá, e Mark e Isabella também achavam que isso era o melhor a fazer — e, pouco depois, eu comprei uma casa no mesmo bairro, a quinze minutos de distância a pé de onde Christopher e eu tínhamos morado. Yvan e eu agora estamos noivos e moramos nessa casa, que é grande demais para nós, mas que costumamos dizer que encheremos, talvez, se tivermos filhos, ou pelo menos um filho. O dinheiro que Christopher me deixou — ainda acredito que inadvertidamente — está intocado, algo que eu acho que Yvan entenda, embora eu não saiba se ele imagina que isso vai mudar com o tempo, em questão de um ano ou talvez dois. Não tenho como ter certeza se isso vai mudar ou não, e nem mesmo se o meu relacionamento com Yvan vai durar, não por qualquer relutância da minha parte, mas da parte dele. Algo nos termos do contrato — o acordo em que entramos, que não foi nem escrito nem falado, mas que nem por isso é menos impositivo — se alterou, Yvan se deu conta de que vive não com uma mulher recém-divorciada, mas com uma mulher que perdeu o marido e que continua, ainda que tente esconder isso dele e embora seja agora sua noiva, a viver a dor dessa perda. Às vezes, deitada na cama ao lado de Yvan, eu me lembro do receio que eu sentia, quando estava na Grécia com Isabella e Mark, de que eles notassem as fraturas do meu fingimento, a artificialidade da minha dor de viúva.

Mas havia menos diferença do que eu pensava entre a dor que eu sentia e o que eu imaginava ser a dor legítima de uma esposa legítima — a dor que eu tentava imitar, na frente de Isabella e Mark e depois diante do mundo em geral. A imitação se tornou a coisa em si, no fim não havia tanta diferença entre a dor de uma esposa e a dor de uma ex-esposa — talvez *esposa, marido* e *casamento* sejam apenas palavras que escondam realidades muito mais instáveis e turbulentas do que as que podem ser contidas num punhado de sílabas, ou em qualquer quantidade de palavras.

Dizem que a dor da perda tem cinco estágios, que as coisas pioram antes de melhorar e que, no fim, o tempo acaba de fato curando todas as feridas. Mas e quanto às feridas que você não sabe que desconhece e cujos estágios você não tem como prever? Eu sei que uma coisa é certa: se Christopher ainda estivesse vivo, eu agora estaria casada com Yvan. Não haveria encontros regulares com Isabella e Mark, nem reuniões para discutir a criação de uma fundação no nome de Christopher (apesar de suas dúvidas, Isabella acabou decidindo que gostaria de instituir uma fundação), nem a perspectiva de publicar o segundo e último livro de Christopher.

Não haveria nada disso, nem os inúmeros e-mails e telefonemas relacionados a isso. Não haveria noites insones, nem o reservatório de emoções não só não examinadas como desconhecidas e que só faz crescer, um poço escuro e sem nome que me petrifica, um precipício à beira do qual eu agora pareço estar e a respeito do qual eu não falo com ninguém. E contra o qual a minha relação com Yvan — a relação atual, aquela que importa, cujos detalhes estão totalmente às claras, na verdade, às claras demais para o meu gosto, tão às claras que os olhos doem de olhar para eles, não há nada que eu não consiga ver — é forçada a lutar.

Às vezes Yvan diz, em tom de brincadeira, que foi um tremendo azar Christopher ter sido morto e eu tenho que concordar, foi um tremendo azar, para todos os envolvidos. Semana passada mesmo Yvan falou que não sabia quanto tempo mais ele ia conseguir esperar. E, embora eu pudesse ter perguntado: Esperar o quê? — afinal, eu não estava ali, na casa dele, na cama dele e nós não estávamos noivos? —, eu entendi perfeitamente o que ele quis dizer, e só consegui dizer que sentia muito e que concordava — embora o que estamos esperando, o que de fato seria isso, nenhum de nós saberia dizer.

213

Agradecimentos

Obrigada, Ellen Levine, Laura Perciasepe, Jynne Dilling Martin, Claire McGinnis, Clare Conville, Geoff Mulligan, Anne-Marie Fitzgerald. Agradeço também àqueles que leram e comentaram os primeiros rascunhos deste livro: Karl Ove Knausgård, Meghan O'Rourke. Por fim, agradeço ao meu primeiro e melhor leitor, Hari Kunzru.

Este livro foi escrito com o apoio da Lannan Foundation e do OMI International Arts Center. Sou grata também a Ian Seiter, Stephanie Skaff e ao Hertog Fellowship Program do Hunter College.

ESTA OBRA FOI COMPOSTA EM ELECTRA PELO ESTÚDIO O.L.M./ FLAVIO PERALTA E IMPRESSA EM OFSETE PELA GRÁFICA SANTA MARTA SOBRE PAPEL PÓLEN SOFT DA SUZANO S.A. PARA A EDITORA SCHWARCZ EM OUTUBRO DE 2021

A marca FSC® é a garantia de que a madeira utilizada na fabricação do papel deste livro provém de florestas que foram gerenciadas de maneira ambientalmente correta, socialmente justa e economicamente viável, além de outras fontes de origem controlada.